BESITZERGREIFENDER BOSS

GEBRÜDER BRATVA BUCH DREI

WILLOW FOX

SLOWBURN
PUBLISHING

ÜBER DIESES BUCH

Lucy Quinn

Ich habe in meinem Leben schon ein paar schlechte Entscheidungen getroffen. Ganz oben auf der Liste steht der Versuch, die russische Bratva auszurauben. Ich war mir nicht bewusst, wen ich ausrauben wollte oder worauf ich mich einließ, bis es zu spät war.

Die bewaffneten Wachen am Eingang hätten ein Zeichen sein müssen, wegzugehen.

Aber jetzt kann ich nicht mehr gehen.

Ich stecke tief in den Fängen der Bratva und bin gezwungen, für sie zu arbeiten, unter Nikita Krylova.

Nikita Krylova

Die kleine Hitzköpfige dachte, sie könnte mich bestehlen, uns blindlings ausrauben und müsste nicht bestraft werden.

Zum Glück hat mir der Pakhan, Mikhail Barinov, die Entscheidung überlassen, wie ich mit unserem kleinen, 1,60 m großen, dunkelhaarigen und grünäugigen Problem umgehen soll.

Sie ist angriffslustig, frech und unverschämt.

Ich bin genau der richtige Mann, um sie zu zähmen.

Und sie zu meiner zu machen.

Besitzergreifender Boss ist das dritte Buch der Gebrüder Bratva-Serie. Es kann als eigenständiges Buch gelesen werden und enthält keinen Betrug, keinen Cliffhanger und ein Happy End.

EINS

Lucy

Die Sonne geht langsam am Horizont unter. Die Luft ist ruhig, es weht nicht einmal ein Lüftchen. Zwischen den Bäumen raschelt kein Laub, was das Unterfangen noch komplizierter macht. Ich muss leise sein, während ich den Metallzaun erklimme.

Es ist schwierig, viel zu sehen, da die Hecken perfekt gestutzt und an der Innenseite des Zauns ausgerichtet sind. Warum sollte man sich die Mühe machen, einen Sichtschutzzaun zu errichten, wenn es schmiedeeiserne Tore und Wachpersonal gibt?

Beim Versuch, über das Metall zu klettern, ich bin nicht gerade zierlich, als ich die Spitze erklimme und darauf achte, nicht von dem scharfen, dekorativen Design aufgespießt zu werden, stolpere ich und lande mit dem Gesicht voran im Gras.

Für New York City ist das Grundstück riesig. Es ist aber nicht so, als wären wir in Manhattan. Das Haus ist so groß wie ein ganzer Häuserblock, und die Villa liegt im Schatten der untergehenden Sonne. Ich muss warten, bis es dunkel wird.

Ich hätte mit dem Überklettern des Zauns warten sollen, ich bin aber ein ungeduldiger Mensch. Wenn ich Glück habe, sind die Wachen gerade mit dem Abendessen beschäftigt und ich kann mich reinschleichen, das mitnehmen, was ich will, und dann verschwinden.

In der Nähe gibt es einen Garten, der sich von der Ostseite des Hauses bis zum hinteren Teil des Grundstücks erstreckt. Er ist schön und gepflegt, mit gelben und rosafarbenen Tulpen, die erst kürzlich gepflanzt wurden, und mit frischem, leuchtend rotem Mulch der in der Abendsonne strahlt .

Ich atme scharf ein, als ich Nikita auf mich zukommen sehe. Ich ducke mich und gehe hinter einer alten Eiche in Deckung, ich bin der Meinung, das es eine Eiche ist. Sie ist groß, hat einen dicken

Stamm und hat nur eine Aufgabe—mich vor Blicken zu schützen.

Nikita trägt einen schwarzen Anzug, genau wie gestern, als ich ihm im Club über den Weg lief, was kein Zufall war.

Er nimmt seine Sonnenbrille ab und blickt sich um.

Gibt es Kameras?

Weiß er, dass ich hier bin? Das war nicht meine Absicht, hier einzubrechen. Obwohl ich bisher nur unerlaubt eingedrungen bin, ich bin mir sicher, dass er mich einfach vor die Tür setzen würde.

Seine Schritte sind die einzigen Geräusche, die ich höre, während ich den Atem anhalte. Etwa drei Meter entfernt, zu meiner Rechten, gibt es eine weitere Hecke und ein paar Büsche. Wenn ich dahinter komme, kann ich vielleicht ungesehen an ihm vorbeigehen.

Nikita schlendert gerade an mir vorbei. Er steht mit dem Rücken zu mir, geht auf die Hecken zu und bückt sich.

Ich bewege mich nicht. Vielleicht kann ich mit dem Baum verschmelzen, wenn ich mich auch nur ein bisschen bewege, wird er mich bemerken. Ich werde seinen Blick und seine Aufmerksamkeit auf mich ziehen.

Was macht er, versteckt er sich?

Er holt sein Handy heraus, und ich halte den Atem an. Eine leichte Brise streichelt meine Haut und ich atme mit dem Wind aus. Ich habe Angst, Nikita könnte mich hören und in meine Richtung schauen.

Sein Blick ist kurz auf sein Handy gerichtet er hebt es hoch, um ein Foto oder ein Video von etwas zu machen, aber ich weiß nicht, was er sieht, was ich nicht sehe.

Die Sonne steht nur knapp über dem Horizont. Ein orangefarbener Schein legt sich über den Hinterhof und den Garten. In der Ferne steht ein hölzerner Pavillon, die dekorativen weißen Lichter blinken und sorgen für eine stimmungsvolle Atmosphäre.

Spioniert Nikita jemanden aus?

Meine Sicht ist ziemlich gut, aber ich sehe niemanden außer dem dunkelhaarigen, muskulösen Geschäftsmann, der im Gebüsch kauert. Er wirkt irgendwie fehl am Platz, aber ich bin mir sicher, dass er das Gleiche über mich denken könnte .

„Komm her", ertönt eine Männerstimme.

„Was soll das alles, Luka?", fragt Hannah.

Ich erkenne sie aus dem Coffee- Shop, in dem ich arbeite. Sie ist eine Stammkundin, sie kommt fast jeden Morgen in ihrem Schwesternkittel und arbeitete im Steel Concierge Medical. Das Mädchen bekommt immer einen großen Karamellkaffee mit Mandelmilch.

Wohnt Hannah hier? Woher kennt sie Nikita? In meinem Kopf schwirrt es, als ich versuche, die verworrenen Verbindungen zu entwirren, aber das ist egal, denn eine Biene landet auf meinem Arm, und ich habe Todesangst vor Bienen.

Und bin allergisch.

ZWEI

Nikita

Ich kauere hinter den Büschen und warte darauf, dass Luka seinen großen Schritt macht. Er möchte Hannah einen Heiratsantrag machen und hat mich gebeten, das Ereignis auf Video aufzunehmen.

Madisyn hat versprochen, Bay, ihre Tochter, abzulenken und zu unterhalten, während er die Frage stellt.

Ein heftiges Keuchen ertönt und ich sehe aus dem Augenwinkel eine Bewegung.

„Was zum Teufel machst du hier?", schimpfe ich.

Ich bin gestern Abend im Club mit ihr zusammengestoßen, im wahrsten Sinne des Wortes. Ich habe meinen Drink über sie geschüttet. Wir haben ein paar Worte gewechselt und ein paar Stunden miteinander verbracht. Ich habe aber nicht damit gerechnet, dass ich sie auf Mikhails Grundstück wiedersehen würde.

Lucy ist keine von uns, kein Mitglied der Bratva, und nicht zu dem Antrag eingeladen.

Ihre Knie sinken auf den Boden, während sie nach Luft ringt. Ich lasse mein Handy fallen und eile über den Rasen.

„Hannah! Luka!" rufe ich und versuche, ihre Aufmerksamkeit und Hilfe zu bekommen. Hannah ist Krankenschwester. Sie wird wissen, was mit Lucy los ist.

Ihre Augen rollen und ihr Kopf fällt zurück. Sie ist bewusstlos.

Luka murrt und macht aus seinem Unmut über meine Unterbrechung keinen Hehl.

Sie eilen über den Rasen, Hannah drängt zu mir hin. „Was ist hier los?", fragt sie und bückt sich, als sie Lucy auf dem Rasen entdeckt. Hannah prüft Lucys

Vitalwerte. Sie untersucht sie kurz und gibt dann Anweisungen an Luka. „Holt mir einen EpiPen."

Luka eilt ins Gebäude, um die nötigen Medikamente zu holen. In Mikhails Festung gibt es alles, was man zum Überleben braucht, auch medizinische Geräte und Medikamente. Es hilft, dass wir zwei Krankenschwestern vor Ort haben.

Während wir bei Traumata und chirurgischen Eingriffen immer noch auf den Concierge zurückgreifen, können wir kleine Wunde nähen oder allergische Reaktion auf dem Gelände behandeln.

„Ich wusste nicht, dass du eine Freundin hast. Mädchen verstecken ihre Beziehung in der Regel nicht so gerne, es sei denn, ihr habt eine Vorliebe dafür", scherzt Hannah. „Aber im Ernst, die Büsche?"

„Sie ist nicht mein Mädchen ", grunze ich und bin erleichtert, als Luka mit dem EpiPen zurückkommt. Er nimmt den Injektor aus dem Etui und reicht Hannah das Gerät.

Sie reißt die blaue Sicherheitskappe ab und sticht Lucy mit der orangefarbenen Spitze fest in den

Oberschenkel, bevor sie ihre Vitalwerte erneut überprüft.

Hannah prüft wiederholt Lucys Puls.

„Sollte sie nicht aufwachen?" Ich starre auf die bewusstlose Lucy hinunter.

„Wir können ihr in fünf Minuten eine weitere Spritze geben, wenn sie nicht reagiert", sagt Hannah.

Ich schiebe meine Arme unter Lucys Beine und Rücken, nehme sie auf meine Arme, um sie über den Rasen ins Gebäude zu tragen.

Luka öffnet die Terrassentür, während ich sie durch den Abstellraum und die Küche hineinmanövriere.

„Kennst du sie?", fragt Luka. Er folgt mir auf dem Fuß, als ich Lucy die Treppe hinauf in ein unbewohntes Schlafzimmer trage. Es ist keine Überraschung, dass er fragt, da er Mikhail, den Pakhan, beschützen muss.

„Ich bin ihr gestern Abend begegnet", sage ich.

„Wo?"

Ist das ein Verhör? Ich schaue in seine Richtung. Worauf will er mit dieser Art von Befragung hinaus?

„Im Club mit Anton." Das ist die Wahrheit. Ich habe Lucy nicht eingeladen, sich uns anzuschließen. Ich habe ihr nicht einmal gesagt, wo ich wohne.

Aber sie muss es gewusst haben, da sie hier ist.

Mein Magen ist schwer wie eine Kugel aus Blei und zieht sich zusammen.

„Und sie ist einfach so aufgetaucht?", fragt Luka. Er ist skeptisch.

Ich trage Lucy in ein leeres Schlafzimmer und lege sie vorsichtig auf die Matratze. Hannah ist ein paar Schritte hinter mir und eilt die Treppe hinauf.

„Ich glaube nicht an Zufälle", sage ich. Luka muss das Gleiche denken. „Ich werde sie genau im Auge behalten." Irgendjemand muss bei ihr Wache halten; das kann auch ich sein.

„Durchsuche sie. Vergewissere dich, dass sie keine Waffen oder Ähnliches bei sich hat", befiehlt Luka.

„Sie ist bewusstlos", sage ich. Ich glaube nicht, dass sie in der Lage ist, einen von uns als Geisel zu nehmen, zumindest nicht in ihrem jetzigen Zustand.

„Luka hat recht", sagt Hannah und verschränkt die Arme vor der Brust. Sie steht an der offenen Tür zum Schlafzimmer. „Was für ein Mensch springt an einem schwer bewachten Haus über den Zaun?"

„Die dumme Art", murmle ich. Was zum Teufel hat sie vor?

„Ich kenne sie", sagt Hannah.

„Woher?", frage ich und werfe einen kurzen Blick auf Hannah, bevor ich mich wieder Lucy zuwende.

Wird sie in nächster Zeit aufwachen?

Müssen wir uns Sorgen machen?

Wie lange ist es her, dass sie das letzte Mal Adrenalin gespritzt bekommen hat?

„Sie ist eine Barista in dem Café, in dem ich oft bin. Ich kenne sie nicht persönlich, aber ich habe sie gesehen", sagt Hannah. Sie tritt einen Schritt weiter ins Zimmer und misst Lucys Werte, während sie auf ihre Uhr schaut und ihren Puls überprüft.

„Warum schleicht sie auf dem Hof herum?" ‚frage ich und erwarte nicht, dass Hannah eine Antwort hat.

„Sie wollte meinen Antrag ruinieren", murmelt Luka. Er macht keinen Hehl aus seinem Unmut. „Ich hätte sie sterben lassen sollen."

Hannah gibt Luka einen Klaps auf den Arm. „Sei nicht so ein Idiot. Wolltest du mir wirklich einen Antrag machen?" Ihre blauen Augen weiten sich als sie zu Luka Ivanov hochschaut.

Das Mädchen ist verknallt. Wahrscheinlich liegt es daran, dass sie ein gemeinsames Kind haben und ein weiteres Baby unterwegs ist. Ich darf das nicht wissen, aber auf dem Gelände wird nichts geheim gehalten.

„Das war ich", sagt Luka. „Aber jetzt muss ich mir einen ganz neuen Plan ausdenken, weil unser kleiner Eindringling ihn ruiniert hat."

„Ihr Name ist Lucy", sagt Hannah. „Und ich bin sicher, wenn wir wieder in den Garten gehen, können wir das Beste aus dem heutigen Abend machen."

Luka ist noch mürrischer als ich, und das sagt schon viel aus.

Er stellt sich hinter sie, schlingt seine Arme um ihre Taille und drückt seine Lippen auf ihren Hals. „Es sollte perfekt sein, wenn ich dir einen Antrag mache, aber der heutige Abend war alles andere als das."

Die Enttäuschung steht ihr ins Gesicht geschrieben, aber sie zwingt sich zu einem Lächeln und tut so, als wäre es ihr egal. Ich habe diesen Blick schon dutzende Male bei Frauen gesehen, wenn ich ihnen sagte, dass ich nicht an einer Beziehung interessiert bin.

Normalerweise bin ich derjenige, der ihre Unzufriedenheit verursacht, nicht Luka. Zumindest nicht in letzter Zeit.

Ich bin sicher, dass er ihr einen Antrag machen wird. Er ist wahnsinnig verliebt in Hannah und seine Tochter Bay. Selbst wenn es nicht heute Abend geschieht, wird es zweifellos passieren und ich bin mir sicher, dass er mich bitten wird, das ganze Ereignis zu dokumentieren.

Ich habe ihn nie für einen Romantiker gehalten.

Hannah hat ihn mehr verändert, als er selbst zugeben möchte.

Aber ich bin nicht wie Luka. Es gibt kein Mädchen auf dieser Welt, das mich fesseln könnte.

Lucy bewegt sich und ihre Finger streifen die Baumwolldecke, als sie langsam wieder zu sich kommt.

„Komm", sagt Luka, während er Hannahs Hand nimmt und sie aus dem Schlafzimmer führt. Er will nicht, dass Hannah Zeuge des Verhörs wird.

Die Schlafzimmertür schließt sich hinter ihnen und ich bleibe mit Lucy allein zurück.

Ihre Augen öffnen sich träge und ihr Atem geht schneller.

„Willst du dich erklären?", frage ich. Ich beginne langsam und vorsichtig. Ich werde ihr keine Informationen über unsere Organisation geben oder darüber, in was sie hineingestolpert ist. Aber das heißt nicht, dass sie nicht weiß, wer wir sind oder dass sie für den Feind arbeitet.

Das könnte jeder sein.

Das FBI, das kolumbianische Kartell oder die italienische Mafia.

Sie rollt ihre Lippen zusammen und schließt die Augen wieder. „Wenn du weiterschläfst, wird das alles nicht verschwinden."

Ihre Zunge schiebt sich über ihre kirschroten Lippen und ihre Augenlider flattern auf. „Wasser."

Meine Hände ballen sich an der Seite zu Fäusten, aber ich gehorche. Es gibt ein Badezimmer, das mit dem Schlafzimmer verbunden ist, und ich nehme einen Dixie-Becher vom Waschbecken und fülle ihn mit Wasser.

„Kannst du dich aufsetzen?", frage ich und bringe den Becher, der halb mit Wasser gefüllt ist, zum Bett. Ich mache mir weniger Sorgen um die Sauerei eher darum, dass sie nicht daran erstickt.

Sie zieht eine Grimasse, als sie sich setzt, und ihre Augen schließen sich kurz. Ihrem mürrischen Gesichtsausdruck und ihrem Kampf nach zu urteilen, vermute ich, dass sie Kopfschmerzen oder vielleicht eine Migräne hat.

Ich mache mir nicht die Mühe, sie zu fragen, ob es ihr gut geht. Sie lebt, dank mir.

Obwohl Luka ihr den EpiPen gebracht und Hannah ihn ihr verabreicht hat, habe ich dafür gesorgt , dass sie Hilfe bekommt . Es ist mein Verdienst, dass sie am Leben geblieben ist.

Ihre Finger umklammern die Bettdecke, als sie sich aufsetzt und schließlich die Augen wieder öffnet und an die Wand starrt. Ihr Blick geht an mir vorbei, denn sie scheint in Gedanken versunken zu sein, oder vielleicht ist sie auch noch etwas benommen .

Ich reiche ihr den Becher mit Wasser und ihre Hände zittern, als sie den Becher an die Lippen führt und einen Schluck nimmt.

„Was hast du gemacht?" frage ich sie, während ich sie überrage und auf eine Erklärung warte. Ich ahne, dass nichts, was sie sagt, auch nur annähernd der Wahrheit entsprechen wird.

„Ich habe einen Schluck Wasser getrunken."

„Findest du das witzig? Ich sollte die Polizei rufen und dich wegen Hausfriedensbruchs verhaften lassen", drohe ich. Die Wahrheit ist, dass wir nichts mit der Polizei zu tun haben. Wir regeln unsere Angelegenheiten intern, aber sie weiß nicht, dass wir Schurken sind und sie in unser kriminelles Unternehmen hineingeraten ist.

„Bitte, tu das nicht", flüstert sie. Ihre Stimme stockt und ihr Tonfall ist leicht zittrig. Ihre Unterlippe zittert. Sie hat Angst.

Sie sollte Angst vor mir haben.

„Und warum sollte ich das nicht? Du bist ein Eindringling."

Lucy kneift ihre Lippen zusammen. Zumindest war das der Name, den sie mir gestern Abend nannte, als ich sie im Club traf. Aber jetzt vermute ich, dass es kein Zufall war, dass ich sie auf dem Gelände gesehen habe .

Sie wollte, dass ich sie bemerke.

Ihre Augenlider sind schwer. Sie hat dunkle Ringe unter ihren hellgrünen Augen. Sie hat Mühe, wach zu bleiben, und ich vermute, dass das mit dem Adrenalin und der allergischen Reaktion auf den Stich zu tun hat.

Lucy öffnet den Mund, aber ich unterbreche sie, bevor sie sprechen kann.

„Lüg mich nicht an." Das ist eine Warnung. Ich will die Wahrheit hören, wie immer sie auch aussieht.

Sie schließt die Lippen und ihre Augenlider hängen herab, als würde sie im Sitzen einschlafen.

Ich nehme ihr den Becher mit Wasser ab und stelle ihn auf den Nachttisch. „Ruh dich aus." Groggy nützt sie mir wenig. Ich könnte sie dazu bringen, ein paar Geheimnisse auszuplaudern, aber ihre Worte wären zweifellos undeutlich und ich würde kaum mit ihr vorankommen.

Lucy geht nirgendwo hin.

„Schlaf. Ich bin gleich wieder da."

Ich ziehe mich aus dem Schlafzimmer zurück, schalte das Licht aus und schließe die Tür. Ich stehe draußen auf dem Flur und bewache das Zimmer, in dem sie schläft . Es sind zu viele Leute im Gebäude, dass sie sich frei bewegen könnte, vor allem, wenn Bay durch die Flure streift und Kira anfängt zu krabbeln.

Mikhail kommt die Treppe herauf. „Ich habe gehört, dass wir einen ungebetenen Besucher haben und du hast beschlossen, ihr eines meiner Zimmer zu überlassen?" In seiner Stimme schwingt Verachtung mit und er verzieht den Mund zu einem Knurren, weil ihm die Nachricht, die ihm wahrscheinlich von Luka überbracht wurde, nicht gefällt. Auch wenn einige von Mikhails Männern den Vorfall mitbekommen haben könnten.

„Ich habe vor, sie in vollen Umfang zu befragen, Sir." Ich will nicht, dass Mikhail denkt, ich sei schwach geworden. Das Mädchen ist keine Ablenkung, sie ist eine Gefangene.

„Und wann soll das sein? Nachdem du ihr ein Essen und einen Drink angeboten hast."

Ich schlucke meine Verärgerung hinunter und schweige. Wenn ich mit dem Pakhan streite, werde ich mir keinen Gefallen tun. Es wäre klug, wenn ich das Gespräch in eine andere Richtung lenken würde. „Sir, ich werde der Sache auf den Grund gehen und herausfinden, warum sie über den Zaun geklettert ist.

Er zieht die Stirn in Falten. „Wie zum Teufel ist sie auf das Grundstück gekommen? Ich habe bewaffnete Männer, die das Gelände bewachen und so eine kleine Schlampe schafft es, sich unbemerkt hereinzuschleichen?"

Mikhails Hände ballen sich zu Fäusten und seine Nasenflügel blähen sich auf. Er wartet auf eine Antwort und ich kann keine geben. Vielleicht lag es daran, dass wir durch den Antrag und die darauffolgende Verlobung abgelenkt waren.

Aber woher sollte Lucy von Lukas Plänen wissen? Es ist unwahrscheinlich, dass die beiden vor dem heutigen Tag auch nur einen Blick gewechselt haben. Auf keinem der beiden Gesichter war auch nur der Hauch des Erkennens zu sehen.

Lucy hat mich erkannt.

Das war mein Fehler. Ich hatte ihr einen Drink spendiert, nachdem ich im Club mit ihr zusammengestoßen bin und sie den Inhalt ihres Cosmopolitan über ihr Kleid verschüttet hatte. Es war das Mindeste, was ich tun konnte, aber wenn ich zurückdenke war es vielleicht nicht meine Schuld .

Hatte man mich hereingelegt?

„Ich werde herausfinden, wie sie auf das Grundstück gekommen ist, Sir. Gib mir nur etwas Zeit."

Mikhail ist nicht der geduldigste Mann, und es ist unwahrscheinlich, dass er ruhig bleibt, während er eine Gefangene in seinem Haus hat.

Aber ich werde nicht zulassen, dass seiner Familie oder den Frauen und Kindern, die unter seinem Dach leben, etwas passiert.

Er antwortet nicht. Stattdessen geht er weiter den Korridor hinunter und verschwindet aus meinem Blickfeld.

Ich atme erleichtert auf. Ich weiß, dass ich mich nicht mit Mikhail anlegen sollte, aber Lucy unter sein Dach zu bringen, war ein Risiko.

Was hätte ich denn machen sollen? Hätte ich sie draußen lassen, einen Krankenwagen rufen und sie abtransportieren lassen sollen?

Ich würde nie erfahren, warum sie hier war, sich reingeschlichen hat und was sie vorhatte. Zumindest werde ich es so herausfinden.

Ein leises Rascheln ist auf der gegenüberliegenden Seite der Tür zu hören.

Lucy sollte eigentlich schlafen. Ich öffne die Tür, um nach ihr zu sehen, und ein kalter Windstoß fegt durch den Raum. Das Fenster auf der Rückseite des Hofes ist weit geöffnet und Lucy sitzt auf dem Sims und versucht zu entkommen.

DREI

Lucy

„Was zum Teufel machst du da?" Nikitas Stimme schreckt mich auf und ich falle fast über den Rand des offenen Fensters. Ich stehe mit einem Bein draußen und mit dem anderen noch im Schlafzimmer der Villa.

Ich muss hier raus, bevor es zu spät ist.

Meine Hände greifen nach den Bettlaken, die zu einem langen, behelfsmäßigen Seil zusammengebunden sind, mit dem ich versuche, hinunterzuklettern. Sie sind an den Bettpfosten des Kopfteils befestigt.

Nikita stürmt ins Schlafzimmer und ich schwinge mein Bein über den Fenstersims.

Ich habe nicht vor, hierzubleiben, um herauszufinden, was passieren wird. Ich reiße an den Stofflaken und halte mich an ihnen fest, während ich über den Rand des Fensters hänge.

„Lucy, komm wieder rein, verdammt!"

Nikita späht über das Fenster zu mir runter und packt mich am Arm.

„Lass mich los!", schreie ich.

Mein Geschrei löst nur noch mehr Aufruhr aus. Ein heller Scheinwerfer bewegt sich über das Haus, bis er meine Flucht erhellt.

So viel zum Thema leise sein und sich unbemerkt davonschleichen. Ich werfe einen Blick über die Schulter und sehe zwei bewaffnete Wachen auf mich zustürmen.

Verdammt!

Ich schaue zu Nikita hoch; er hält mich fest am Arm, während ich an den verknoteten Bettlaken hänge. Er zerrt mich über das Fensterbrett und schiebt meinen Hintern zurück ins Haus.

„Glaubst du, dass das der beste Weg ist, hier herauszukommen?" schimpft Nikita.

„Ich will nicht ins Gefängnis", sage ich. Wenn er ernsthaft vorhatte, die Polizei wegen Hausfriedensbruchs zu rufen, will ich hier raus.

„*Malish*, es gibt viel schlimmere Orte als eine Gefängniszelle", sagt Nikita.

„Mein Name ist Lucy", wiederhole ich und dränge mich an ihm vorbei, nachdem er mir auf die Füße geholfen hat. Ich eile zur Tür. Vielleicht schaffe ich es noch, hier herauszukommen und zum Abendessen zu Hause zu sein, ohne in Handschellen abgeführt zu werden.

Ich bin schnell, aber Nikita ist noch schneller.

Er hält mich im Schlafzimmer gefangen und schlägt mich mit dem Rücken gegen das Holz der Tür. Nikita ist groß, gegenüber meiner zierlichen Gestalt. Er überragt mich und hat die Arme vor der Brust verschränkt. „Was glaubst du, wo du hingehst?", fragt er und starrt mich an.

Seine schroffe Art jagt mir einen Schauer über den Rücken. Ich möchte mir nicht eingestehen, dass ich mich zu ihm hingezogen fühle. Im Club habe ich mich ihm absichtlich in den Weg gestellt, damit er über mich stolpert. Normalerweise bin ich nicht so dreist, aber ich hatte keine andere Wahl.

„Nach Hause." Ich bin unverhohlen und nicht im Geringsten entschuldigend. „Macht es dir was aus?" Ich fordere ihn mit einer Geste auf, sich zu bewegen, aber er rührt sich nicht von der Stelle. Seine Füße stehen wie angewurzelt auf dem Boden.

Er schnaubt leise, aber er weicht nicht zur Seite. „Wenn ich dich durch diese Tür gehen lasse, werden dich mindestens zwei Männer festhalten."

„Werden sie die Bullen rufen?" Mir dreht sich der Magen um bei dem Gedanken, verhaftet zu werden. Ich war noch nie auf dem Rücksitz eines Streifenwagens oder in einem Gefängnis. Das heißt aber nicht, dass ich nicht schon mal Ärger verursacht und mich in Schwierigkeiten gebracht hätte.

Ärger scheint mich zu finden.

Ich würde es vorziehen, wenn es nicht so wäre. Ich mag es nicht, ständig über meine Schulter schauen zu müssen. Aber ich bin mir sicher, dass dieser riesige Mann, der mich anglotzt, nicht die geringste Ahnung von Opfern hat.

„Kommt darauf an, was du mir sagst", sagt Nikita.

Er streckt seine starken, warmen Hände auf meine Arme und zieht mich ein paar Schritte zurück, bis meine Beine an die Matratze schlagen.

„Setz dich", befiehlt er.

Ich lasse mich anmutig auf das Bett fallen und lasse die Schultern hängen. „Es tut mir leid", sage ich und schaue auf meine Hände in meinem Schoß, wo sich meine Finger nervös Hin und Her bewegen .

„Wofür? Dass du über den Zaun gesprungen bist oder dass du versucht hast zu gehen?" Nikita hat eine scharfe Zunge.

Ich zucke bei seinen Worten zusammen, als er über mir steht und der Schatten seiner Anwesenheit über mir schwebt. Ob ich es bis zur Tür schaffe, wenn ich versuche, an ihm vorbeizuflüchten?

Das bezweifle ich.

„Du hast meine Schlüssel gestohlen. Deshalb sind wir im Club zusammengestoßen", sagt Nikita und ihm wird klar, dass an der Geschichte mehr dran ist, als ich zugegeben habe. Nicht, dass ich ihm etwas erzählt hätte. Ich bin nicht so dumm, ihm zu verraten, wer mich angeheuert hat.

Es war nicht meine Idee, in sein Haus einzubrechen. Wer auch immer er ist, er scheint wohlhabend zu sein und hat ein hohes Maß an Sicherheit um sein Haus.

Ich hätte früher erwischt werden können .

Ich antworte nicht, und er legt den Kopf schief und schüttelt ihn missbilligend. Er dringt in meinen persönlichen Bereich ein und ich atme nervös ein und aus. Er könnte mich leicht überwältigen.

Ich werfe meine Arme hoch und dränge ihn zurück, weil ich Abstand brauche. Ich weiß nicht, was er vorhat, aber mit ihm in einem Raum gefangen zu sein, war nicht Teil des Plans.

„Lass mich los!"

„Ich habe dich noch nicht einmal berührt", flüstert er.

Mein Herz klopft und mein Atem geht schneller. Seine Nähe ist höchst erregend obwohl ich eigentlich Angst haben sollte, reagiert mein Körper genauso. Letzte Nacht, mit ihm war die Luft aufgeladen. Zwischen uns brannte die Elektrizität, aber ich habe nicht zugelassen, dass er mich berührt.

Ich sitze auf einem Barhocker und habe den Auftrag, nach Nikita Krylova Ausschau zu halten. Man hat mir sein Foto gezeigt; ich hoffe nur, dass es aktuell ist. Er ist auf dem Foto einprägsam, und während ich sitze und ein Ginger Ale schlürfe, behalte ich die Tür im Auge.

Als eine Stunde an der Bar verstrichen ist, schaue ich auf meine Uhr.

Der Laden füllt sich mit weiteren Gästen und ich soll auf Nikita warten. Er ist einer der Manager des Lokals.

Er wird auftauchen.

Zumindest hat man mir das gesagt, aber ich glaube, er hat heute Abend etwas Besseres zu tun. Ich knabbere an ein paar Cocktail-Erdnüssen. Mein Magen dreht sich mit einer Mischung aus Unruhe und Hunger um.

Ich hätte gerne einen Happen gegessen, bevor ich heute Abend hier auftauche, aber hier zu sein ist nicht gerade meine Wahl, es sei denn, meine Wahl ist es, zu leben.

Ich stecke in einer Welt voller Probleme und bin dabei, Nikita mit in mein Chaos zu stürzen.

Sorry.

Er stolziert durch den Hintereingang herein. Die Vordertür ist zu gut für ihn.

Der Mann strahlt, obwohl er nicht einmal die Andeutung eines Lächelns zeigen muss, hat er bereits die Blicke mehrerer Frauen auf sich gezogen.

Zwei Männer sind bei ihm, alle drei tragen auffällige Anzüge. Sie sind heiß. Gefährlich. Und ich muss die Schlüssel stehlen, die er bei sich trägt.

Das wird keine leichte Aufgabe sein.

Aber entweder stoße ich ihn an und stehle seine Schlüssel, oder ich gehe mit ihm nach Hause und klaue sie nach einer Nacht im Bett.

Ich bevorzuge die erste Option. Er ist ein Fremder, und wenn er so viel Umgang hat wie die Männer, für die ich arbeiten muss, möchte ich nie wieder mit ihm zu tun haben.

Ich trage meinen Cosmopolitan durch den Club und bleibe stehen, mit dem Rücken zu ihm. Er steht hinter mir und ich dränge mich in das Gewühl der tanzenden und plaudernden Menschen. Es ist so viel los, dass ich selbst unauffällig wirke.

Die Musik dröhnt von oben und ich könnte schwören, dass sie wie eine Live-Band klingt, so intensiv ist der Beat und der Boden vibriert bei jedem Takt.

Ich stehe praktisch hinter Nikitas Füßen, und als er sich umdreht, um sich durch den Club zu schlängeln, stößt er mit mir zusammen. Ich sorge dafür, dass ich meinen Cosmopolitan über mich schütte und sein Hemd benetze.

„Shit! Es tut mir leid", entschuldigt er sich, noch bevor er mich ansieht oder den Schaden bemerkt. Er murrt und wischt sich sein Hemd ab.

Der größte Teil des Getränks landet auf meinem weißen Kleid, und als er merkt, dass ich keinen BH trage, kaut er auf seiner Unterlippe und starrt viel länger auf meine Brüste, als er eigentlich sollte.

„Hier." Er schlüpft aus seiner Jacke und legt sie mir um die Schultern. Die Jacke kostet mehr als meine gesamte Garderobe.

„Das ist nicht nötig", sage ich, bis ich einen Blick nach unten werfe und so tue, als wäre ich schockiert über die Erkenntnis, dass er durch das Kleid sehen kann.

„Wie wäre es, wenn wir uns um dich kümmern?", fragt er und begleitet mich durch die Menge eine Hintertreppe hinauf. An der Vorderseite hängt ein Metallschild mit der Aufschrift „Zutritt verboten".

„Sind Sie sicher, dass wir hier oben sein sollten?", frage ich, als er die Metallkette löst und mich passieren lässt.

„Mein Büro ist gleich oben", sagt er.

Ich folge ihm die Treppe hinauf, und er führt mich in sein Büro. Er holt seine Schlüssel aus der Tasche, schließt die Tür auf und lässt mich eintreten.

Er schaltet das Licht an und die Einwegspiegel aus Glas geben den Blick frei auf die Tanzfläche und die Gäste da unten.

„Gehört dir das Haus?," frage ich. Ich habe nicht viel über Nikita erfahren, nur das, was ich brauchte, um den Job zu erledigen.

„Ich leite den Club, aber er gehört mir nicht." Er geht nicht weiter darauf ein, sondern schlendert durch den Raum zu einer Doppeltür. Er öffnet die Tür zu einem Kleiderschrank, holt ein frisches weißes Hemd heraus und reicht es mir.

„Das ist nicht meine Größe", sage ich. Glaubt er, dass ich im Club nur sein Hemd trage und sonst nichts?

„Ich denke nicht." Er gluckst leise und drückt mir das weiße Hemd in die Hand. „Zieh es an. Ich kann deine Sachen reinigen und waschen lassen, bevor du nach Hause gehst."

„Wo?" Ich schaue mich im Zimmer um. Es gibt keine Anzeichen für eine Waschküche und das Büro sieht auch nicht so aus, als würde hier jemand wohnen. Es steht zwar ein Sofa an der Wand neben der Tür, aber sonst scheint es keine weiteren Wohnmöglichkeiten zu geben.

„Zwei Türen weiter gibt es einen Waschsalon. Ich werde einen meiner Kollegen schicken, der sich um das Kleid kümmert."

Ich atme leise aus. „Das ist doch nicht nötig."

„Doch, ist es. Ich bin Nikita", stellt er sich vor und will meinen Namen wissen.

„Lucy", sage ich und werde rot. Ich mache mir nicht die Mühe, ihm die Hand zu geben, denn ich halte sein frisches weißes Hemd fest umklammert.

Ich sollte ihm nicht meinen richtigen Namen sagen. Es wäre besser, so zu tun, als wäre ich jemand, der ich nicht bin, aber sich eine Lüge zu merken, ist tausendmal schwieriger, als die Wahrheit zu sagen. Und so sage ich ihm genau, wer ich bin, weil es keine Rolle spielt. Er wird nicht wissen, dass ich diejenige bin, die seine Schlüssel gestohlen hat. Am Ende des Abends wird er nicht einmal ahnen, dass ich ihn verraten habe.

„Habt ihr einen Ort, an dem ich mich umziehen kann? frage ich.

Er öffnet eine Tür in der Nähe des Schranks und schaltet das Licht an. „Da drüben ist ein Badezimmer", sagt er.

Ich schlüpfe an ihm vorbei ins Bad und schließe die Tür. Ich bin verrückt, wenn ich mein Kleid ausziehe und nur ein Button-Down-Hemd trage. Was passiert, wenn er mir mein weißes Kleid nicht zurückbringt?

Hoffentlich tut er das, aber das Hemd ist mindestens so lang wie mein Kleid.

Ich ziehe die Tür hinter mir zu, schließe sie ab und starre mein Spiegelbild an. Was zum Teufel mache ich hier eigentlich?

Ich ziehe das Kleid aus, lasse es mit einem dumpfen Knall auf den Boden fallen und schlüpfe mit den Armen in das Hemd, indem ich die glänzenden Knöpfe nacheinander aufknöpfe. Als ich fertig bin und mit meinem Aussehen zufrieden, öffne ich die Badezimmertür und bücke mich, um das fleckige und feuchte Kleid aufzuheben.

„Bist du sicher, dass das kein Problem ist?", frage ich und halte das Kleid in der einen und meine Unterarmtasche in der anderen Hand.

„Dein Kleid frisch gewaschen zu bekommen? Überhaupt kein Problem. Warte einfach hier", sagt er und geht aus dem Büro. Als die Tür aufgeht, dringt dröhnende Musik ins Büro.

Ich hatte fast vergessen, wie laut die Musik im Erdgeschoss war.

Ich kann das Treppenhaus nicht sehen, aber ich schaue durch das Einwegglas in die Menge. Nikita schlendert durch die Gäste und flüstert einem anderen Herrn im Anzug, vermutlich seinem Kollegen, etwas zu.

Er war nicht Teil dieser Vereinbarung. Ich weiß weder seinen Namen noch irgendetwas über ihn. Er nimmt mein Kleid und es ist schwer zu sehen, wohin er geht, weil ich Nikita im Lichtblitz sehe.

Nikita kommt nicht sofort zurück. Ich weiß nicht, warum er das tut, aber ich bin enttäuscht. Allein in seinem Büro zu sein hat seine Vorteile, aber ich bezweifle, dass es noch *einen weiteren Schlüsselbund gibt. Und was ich suche, ist nicht in seinem Büro, sondern bei ihm zu Hause.*

Er schlendert hinter die Bar und mixt Drinks.

Hilft er dem Barkeeper, weil heute Abend viel los ist?

Eine weitere Minute später schleppt er zwei Drinks durch die Menge. Nikita kommt zurück zur Treppe, und ich drehe mich um und verschränke die Arme vor mir, als hätte ich den Austausch meines Kleids nicht beobachtet.

„Er wird es gleich wieder haben", sagt Nikita, als er ins Büro kommt. „Wie wäre es in der Zwischenzeit mit einem Drink? Als Wiedergutmachung für die Nacht." Er drückt mir einen Cosmopolitan in die Hand.

Ich zwinge mich zu einem Lächeln. „Danke", sage ich. Er hat keine Ahnung, dass ich in dieser Nacht versucht habe, ihm wegen des Schlüsselbundes nahezukommen .

„Bist oder warst du mit Freunden hier? Oder mit einem Freund? Soll ich jemandem sagen, wo du hingegangen bist?" fragt Nikita.

Seine Frage jagt mir einen Schauer über den Rücken, aber ich bin mir nicht sicher, warum. „Blind Date", sage ich und zucke mit den Schultern. „Er ist nicht aufgetaucht."

„Das ist sein Pech."

Ich zwinge mich zu einem Lächeln und mache eine Geste in Richtung der Couch. „Macht es dir etwas aus?" Ich kann mich genauso gut hinsetzen und es mir bequem machen. Wenn ich das Glück habe, Nikitas Aufmerksamkeit für eine Weile auf mich zu ziehen, dann sollte ich das Beste daraus machen.

„Ganz und gar nicht." Er zwingt sich zu einem Lächeln und nickt mir zu, damit ich mich setzen kann.

Ich lasse mich auf die Couch fallen und bin erleichtert, dass das Sofa im Vergleich zu dem in meiner Wohnung so weich und gemütlich ist. „Hier könnte ich schlafen", murmele ich und lehne meinen Kopf zurück, um festzustellen, dass es bequemer ist als meine Matratze.

Nikita schiebt seinen ledernen Bürostuhl hinter dem Schreibtisch hervor und setzt sich mir gegenüber, so dass ich viel Platz habe. Er versucht nicht, sich an mich heranzumachen. Sollte ich beleidigt sein, weil er nicht interessiert zu sein scheint? Es ist ja nicht so, dass ich ihm Signale gebe, dass ich ihn will.

Aber es ist schön, wahrgenommen zu werden.

„Ich habe dich hier noch nie gesehen", sagt Nikita.

„Das erste Mal. Es war der Vorschlag meines Dates hierherzukommen."

„Nun, es ist sein Pech, dass er nicht gekommen ist." Er grinst und lässt seinen Blick über mich schweifen.

Ich fühle mich unter seinen Blicken nackt. Ich schiebe mich auf dem Sofa hin und her, damit er keinen Blick auf mein Höschen erhaschen kann, und versuche es mir so bequem wie möglich zu machen.

„Du musst mich nicht Babysitten. Du kannst zurückgehen und dich unter die Leute mischen." Ich weiß nicht, was er macht, aber ich möchte ihn nicht von seiner Arbeit abhalten. Wie auch immer, ich sehe ihn später und kann mir seine Schlüssel schnappen, wenn er mir mein Kleid bringen lässt.

Er kichert leise vor sich hin. „Malish, meine Arbeit ist hier oben bei dir."

Ich weiß nicht, was er meint. „Halte ich dich etwa von der Arbeit ab? Es tut mir leid", sage ich schnell, um mich zu entschuldigen. Allerdings ist es nicht so, dass ich mich auf seinem Schreibtisch niederlasse.

„Entschuldige dich nicht für etwas, das nicht deine Schuld ist." Er ist entschlossen und sein Blick ist fest auf mich gerichtet, unerschütterlich. „Wie kommt es, dass ein hübsches Mädchen wie du keinen Freund hat?"

In dem kleinen Büro ist es warm und meine Wangen werden heiß von seiner Direktheit. Er ist dreist. Das sollte mich nicht überraschen, wenn man bedenkt warum ich hier bin.

„Ich ziehe es vor, nicht mit einem Mann romantisch verbunden zu sein."

„Eine Frau?" Er verzieht das Gesicht zu einem schiefen Grinsen.

Warum überrascht mich seine Frage nicht? Wahrscheinlich fantasiert er sich etwas über zwei erwachsene Frauen zusammen. Das Grinsen sagt mehr als seine Worte. „Nein, ich bevorzuge Männer."

Er rückt näher, der Stuhl rollt ein paar Zentimeter nach vorn. „Das ist gut." Sein erhitzter Blick wandert an meinem Körper hinunter und nimmt jeden Zentimeter sichtbarer nackter Haut in sich auf.

Nikita rutscht in seinem Sitz hin und her. „Ich mag auch keine Verpflichtungen. Zu viele gebrochene Versprechen. Menschen werden verletzt."

Seine Zunge fährt heraus und streicht über seine Oberlippe.

„Du klingst, als würdest du aus Erfahrung sprechen." Ich rutsche auf dem Sofa hin und her und schiebe meine Beine übereinander, ohne ihm dabei in die Augen zu sehen. Ich kenne den Mann kaum. Ich werde ihm keine kostenlose Show bieten.

„Du warst für ein Blind Date hier, willst aber nicht romantisch verwickelt werden", schimpft er und erinnert mich an meine Worte. „Wie soll das denn gehen?"

Meint er das ernst? „Was? Darf ich mich nicht verabreden, weil ich nicht an die antiquierte Vorstellung von der Ehe glaube?"

Sein Mund ist geschlossen, sein Kiefer fest.

Ich fahre mit meiner Tirade fort. „Willst du mir sagen, dass du nie ausgehst? Vielleicht schläfst du lieber mit all den Frauen aus dem Club, über die du deine Drinks verschüttest."

Er scheint von meiner Bemerkung nicht im Geringsten beleidigt zu sein. Seine Augen glitzern im Schein der Deckenbeleuchtung. „Der Cosmopolitan war nicht mein Drink."

Denkt er, dass er mich für sich gewinnen kann?

Mich erobern?

Ich will kein Spiel. Ich bin ihm nicht in sein Büro gefolgt, damit wir ein Zimmer bekommen und allein sein können. Mit nach oben zu kommen war nicht die beste Entscheidung, aber ich habe schon Schlimmeres getan.

„Ich nehme an, das war es nicht", sage ich und schaue ihn an.

Er lehnt sich in seinem Bürostuhl zurück, streckt die Arme aus und verschränkt die Hände hinter dem Kopf. „Wie hast du dieses Blind Date kennengelernt?"

Was sollen die ganzen Fragen? Glaubt er etwa nicht, dass ich mir selbst ein Date suchen kann?

„Ein Freund hat uns verkuppelt."

„Scheiß Freund", *sagt Nikita. Er führt seinen Gedanken nicht weiter aus, und ich lasse ihn auch nicht.*

„Ich habe dich nicht nach deiner Meinung gefragt."

Seine Augen leuchten obwohl kein Lächeln auf seinen Lippen ist, ich vermute, dass er innerlich aufgeregt ist.

Macht es ihm Spaß, mich zu verärgern?

„*Was für ein Freund und du lässt dich von so einem Typen versetzen? So ein enger Freund ist das bestimmt nicht. Ich würde so nie einen meiner Freunde behandeln.*"

„*Schön für dich*", *murmle ich und trinke den Cocktail aus, den er in sein Büro gebracht hat. Ich brauche ihn, um mit dem Unhold, der mir gegenübersitzt, fertig zu werden.*

Er ist nicht wirklich ein Unhold. Sicher, er ist groß und gut gebaut. Aber das sind alles nur Muskeln. Was würde ich dafür geben, ihn ausgezogen unter mir auf dem Sofa zu sehen.

Ein Mädchen darf auch mal träumen.

Aber wenn ich ehrlich zu mir selbst bin, ist er nicht mein Typ. Er ist zu forsch und dreist. Der Mann schert sich einen Dreck um meine Meinung, nur um sich selbst.

„*Du willst ein Date? Ich kann einen meiner Kollegen finden, der dich verkuppelt*", *sagt Nikita.* „*Erzähl mir etwas von dir.*"

Das kann nicht sein Ernst sein. Mir fällt die Kinnlade herunter, und er verschränkt die Arme vor der Brust, legt den Kopf schief und wartet auf meine Antwort.

„*Ich brauche deine Hilfe nicht.*"

„Ich habe nie angedeutet, dass du sie brauchst ." Er wendet nicht einmal den Blick von mir ab. Er hält meinen Blick fest. *„Aber manchmal sind Wollen und Brauchen zwei verschiedene Dinge. Ich bin mir sicher, dass du dein eigenes Date finden kannst, wenn du die Treppe hinunter in den Club gehst. Aber ich biete dir meine Hilfe an."*

„Du bist eine Partnervermittlung?"

„Ich bin dafür bekannt, dass ich mich darin versuche, aber, ich bin nicht in dieser Branche tätig. Aber du scheinst ein intelligentes Mädchen zu sein, das hübsch ist und viel zu bieten hat. Viele Männer, die ich kenne, könnten an dir interessiert sein."

„Ich bin kein Mädchen, das du bearbeiten kannst! Nur weil ich nicht an einer Heirat interessiert bin, heißt das nicht, dass ich mit jemandem schlafe, nur weil er einen Schwanz hat."

„Dein Vorschlag impliziert eine Bezahlung. Ich mache das nicht für Geld. Außerdem habe ich das Gefühl, dass meine Kollegen der Herausforderung nicht gewachsen sind."

„Herausforderung?"

Wovon zum Teufel redet er?

„*Fünf Minuten, und du würdest sie in Stücke reißen.*"

„*Das ist weder wahr noch fair! Du weißt nichts über mich.*"

„*Du bist impulsiv*", sagt Nikita. „*Du bist mir ohne zu fragen hierher gefolgt. Du bist schroff, frech und brutal ehrlich. Zumindest ist es das, was du sein möchtest und die Maske, die du zeigst. Ist sie echt? Ich kenne dich noch nicht lange genug, um das genau zu wissen. Ich kann mir vorstellen, dass du schon einmal verletzt wurdest oder dass du miterlebt hast, wie jemand, der dir nahe steht, schlecht behandelt wurde, und das hat deine Meinung über Männer geprägt.*"

Ich kneife die Lippen zusammen und schaue zur Tür. Wie lange dauert es noch, bis mein Kleid fertig ist? Ich hätte mir sein Hemd leihen und es über meinem weißen Kleid tragen sollen. „*Du liegst falsch.*"

„*Bei welchem Teil?*", fragt Nikita. *Er sieht nicht einmal enttäuscht aus, dass ich seiner Meinung über mich nicht zustimme.*

„*Alles davon.*" *Ich stehe auf, obwohl ich mir nicht sicher bin, wohin ich gehen soll. Nur mit einem Hemd in den Club zu gehen, ist nicht die beste Option. Und Nikita hat mir nicht das Gefühl gegeben, mich zu verletzen oder unwohl zu fühlen, abgesehen von seinem Blick, mit dem er versucht, herauszufinden, wer ich bin.*

Er hat keine Ahnung.

Und wenn er es wüsste, würde er mich aus seinem Club schmeißen.

Oder noch schlimmer.

Ich schwanke von dem Alkohol, den ich getrunken habe. Ich bin ein Leichtgewicht. Ich trinke selten, und die Tatsache, dass ich angeheitert und allein mit einem Mann bin, von dem ich nichts weiß, dreht es mir den Magen um.

Nikita steht auf und kommt auf mich zu, er nimmt seine Arme hoch, um mich zu stützen. Seine Hände ruhen auf meinen Schultern.

„Setz dich", befiehlt er.

Ich lasse mich nach hinten auf das Sofa fallen, nicht gerade anmutig, während ich schwanke und der Raum sich dreht.

„Du trinkst nicht oft." Das ist keine Frage, sondern eine Feststellung.

„Ich folge Männern, die ich gerade erst kennengelernt habe, normalerweise auch nicht an fremde Orte."

Nikita schiebt eine Hand in die Hosentasche, lässt kurzerhand seine Schlüssel fallen und legt sein Telefon auf den Schreibtisch. Er schlendert zum Sofa und setzt sich neben mich, lässt aber so viel Platz zwischen uns, dass ich mich nicht unwohl fühle. Er verzieht das Gesicht zu einem Grinsen. „Du bist witzig."

„Ich versuche mein Bestes", witzle ich und versuche, nicht auf seinen Schreibtisch zu schauen, wo seine Schlüssel liegen. Ich muss mir seinen Hausschlüssel schnappen. Ich muss den Schlüssel nicht einmal stehlen. Es reicht, wenn ich ihn in der kleine Tonschachtel in meiner Handtasche präge.

Er wird gar nicht merken, dass er fehlt.

„Gibst du mir jetzt deinen Text?"

„Meinen was?", frage ich.

„Deine Kurzpräsentation. Was dich so toll macht, dass Männer mit dir ausgehen sollten."

Ich weiß nichts über Nikita, außer dass er den Club im Erdgeschoss leitet. Wie kommt er darauf, dass er mich mit jemanden verkuppeln soll, den er kennt?

„Ich kann meine Dates selbst finden, danke."

„Wirklich? Denn ein Blind Date bedeutet, dass..."

„Halt die Klappe!" Ich schnauze. „Du weißt doch gar nichts über mich."

„Eben! Und wie soll ich dir helfen... Weißt du was, vergiss es. Es ist die Mühe nicht wert."

Gut! Vielleicht lässt er es dann endlich gut sein. Warum hält er es für nötig, bei mir den Heiratsvermittler zu spielen?

„Können wir einfach so tun, als hätte dieses Gespräch nie stattgefunden?" frage ich.

„Es wäre mir ein Vergnügen", sagt Nikita. Er streckt sich aus und nimmt mehr Platz auf dem Sofa ein als nötig.

Wie lange dauert es noch, bis mein Kleid im Waschsalon fertig ist?

„Du musst mich nicht Babysitten."

„Das hast du schon gesagt." Nikita dreht sich um und sitzt mir auf dem Sofa gegenüber. Seine Beine stoßen gegen meine. Seine Augen bleiben an mir haften.

Ich ignoriere die Wärme und Hitze, den Funken, der in dem kleinen Büroraum brodelt. Es ist die Tatsache, dass ich Alkohol getrunken habe, obwohl ich normalerweise nicht trinke. Er ist ein gut aussehender Mann, aber seine Zuneigung zu mir ist nicht vorhanden.

Ich öffne meinen Mund, um zu sprechen, aber meine Stimme zittert. „Ich will nach Hause", sage ich. Wird er mich gehen lassen, ohne mich anzuklagen? Ich habe nichts gestohlen und keinen Schaden angerichtet.

Nikitas Hand gleitet hinunter an meinem Nacken und er packt eine Handvoll meiner Haare. „Du bist zu Hause, *Malish*", flüstert er mir ins Ohr.

„Was?" Ich keuche und versuche, mich zu befreien, aber sein Griff wird nur noch fester.

„Ist es nicht das, was du wolltest? Du hast den Schlüssel zu meinem Haus gestohlen."

Mein Mund ist trocken. Ich glaube nicht, dass er es bemerkt hat, dass ich ihn von seinem Schlüsselbund gestohlen habe, als wir in seinem Büro unterbrochen wurden.

Er war nicht länger als zwei Minuten weg, während ich mich abgemüht hatte, den Schlüssel vom Ring zu bekommen. Es war mir nicht möglich, ihn ungesehen zurückzulegen, als ich ihn in meiner Hand hielt.

„Ich habe deinen blöden Schlüssel nicht gestohlen. Glaubst du, ich wäre sonst über den Zaun geklettert und hätte mich erwischen lassen?"

VIER

Nikita

Lucy ist angriffslustig und das Feuer hinter ihren dunkelgrünen Augen entfacht eine Flamme, die in mir gezähmt wurde. Sie besteht darauf, dass sie den Schlüssel zu meinem Haus, nicht gestohlen hat.

„Das glaube ich dir nicht", schimpfe ich und drücke sie zurück auf die Matratze. Meine Hände halten ihre über ihrem Kopf fest.

„Das ist mir aber egal." Sie blickt höhnisch zu mir auf, aber ihre Pupillen sind dunkel und ihr Atem wird tiefer.

Ich schwöre, ich kann ihren Duft riechen und ich möchte ihr die Kleider vom Leib reißen und sie ficken.

Aber ich bin ein Gentleman.

Okay, ich bin kein Unmensch. Ich würde mich ihr nie aufdrängen. Wenn ich mit ihr fertig bin, wird sie darum betteln, dass ich ihre enge kleine Muschi ficke.

„Du bist nicht zufällig in die Bar spaziert und hast mich zufällig getroffen." Ich hätte es gestern Abend sehen müssen und nicht so verdammt naiv sein dürfen zu glauben, dass ein hübsches Mädchen Hilfe braucht.

Schande über mich, dass ich ihr kleines Schauspiel geglaubt habe.

Es gibt nur einen Weg, um festzustellen, dass sie meinen Schlüssel nicht hat.

Meine linke Hand umklammert ihre Handgelenke und bindet ihre Hände zusammen. Mit der rechten Hand fahre ich mit meiner Handfläche über ihre Brüste, um sicherzugehen, dass sie kein Kabel oder meinen Schlüssel unter ihrer Kleidung versteckt hat.

„Lass mich los, du Perversling!", schreit sie, aber ihr Körper verrät ihr Verlangen.

Sie will mich. Lucys Atmung wird tiefer und ihre Atemzüge rasseln. Ihre Augenlider werden schwer, während ich ihre bekleidete Haut necke und streichle.

Ich kichere und bin nicht im Geringsten beleidigt über ihre Bemerkung. Ich beuge mich herunter und meine Lippen berühren ihr Ohr. „Ich könnte eine Leibesvisitation anordnen", sage ich. „Ich werde ein paar unserer Männer holen, die dir die Kleider vom Leib reißen um sicherstellen, dass du nicht den Schlüssel oder etwas anderes unter deinem Kleid versteckst."

„Du bist ein Schwein!"

Ist das alles, was sie zu sagen hat? Beleidigungen, die sie mir an den Kopf wirft.

Sie beißt sich auf die Unterlippe, während ich ihre Hüfte streichle, und sie seufzt leise. Ihre Augen verengen sich, und ich sehe ihren inneren Kampf. Lucy möchte nicht nachgeben, aber das wird sie, wenn es so weit ist.

„Spreize deine Beine", befehle ich.

„Du bist ein verdammtes Tier!"

„Luka! Dmitri!" Ich rufe nach zusätzlicher Verstärkung.

Ich beabsichtige nicht, Lucy zu verletzen oder sie zum Sex zu zwingen. Wenn sie Ängste hat, hole ich zwei andere Männer, die miterleben können, was ich zu ihrem Vorteil vorhabe.

Ihr stockt der Atem in der Kehle. „Entspann dich. Ich werde dir nicht wehtun."

Sie wehrt sich gegen meinen Griff, ihr Körper stemmt sich gegen die Matratze und versucht, sich zu befreien, aber sie ist mir nicht gewachsen.

Ihre Atmung ist panisch. Ihre Augen sind weit aufgerissen und ihre Gesichtsfarbe ist grässlich. Ich schwöre, wenn sie noch einmal eine Anaphylaxie bekommt, lege ich sie auf den Rücksitz meines Autos und fahre sie selbst zu Steele Medical Concierge.

Schwere Schritte eilen zum Schlafzimmer und stoßen die Tür auf.

Ich schaue über meine Schulter zu Luka. „Was brauchst du?", fragt er.

Er ist an meiner Seite und blickt auf uns beide, als ich sie auf der Matratze festhalte.

„Lass mich los!", kreischt Lucy und versucht, sich aus meinem Griff zu befreien.

Hat sie nicht gemerkt, dass ich der Einzige bin, der die Macht hat, sie loszulassen?

„Ich will, dass du hier bist, um zu bezeugen, dass ich sie nicht anfassen werde."

„Du fasst mich doch schon an", knurrt Lucy. „Lass mich los." Sie beugt sich vor, um mich zu beißen.

Ich schiebe meine Hand mit einem Ruck unter ihre Hüfte, drehe sie herum und drücke ihre Brust auf die Matratze, während ich sie festhalte. Sie kann mich nicht beißen, wenn sie mir nicht zugewandt ist.

„Sie ist ganz schön anstrengend", sagt Luka. Er verschränkt seine Arme vor der Brust und sieht zu. Er hilft Lucy nicht. Sie ist kein Gast auf dem Gelände. Sie ist eine Gefangene und eine Diebin. Noch kann ich ihr den Diebstahl nicht beweisen, aber das werde ich noch vor Ende der Nacht.

„Sag mir etwas, was ich noch nicht weiß", murmle ich.

Luka sieht zu und bietet keine Hilfe an, als ich sie gegen die Matratze drücke und meine Hände über ihr Kleid, ihre BH-Träger und ihren Hintern wandern lasse.

Ihr stockt der Atem in der Kehle. Meine Berührung ist fest, aber nicht grob. Ich könnte ihr die Kleider vom Leib reißen, wenn ich nicht bald finde, was ich suche, werde ich das machen müssen.

„Bist du fertig?" Sie wackelt gegen mich.

Fuck!

Mein Schwanz verhärtet sich bei ihren Berührungen und ich schwöre, dass mein Kopf hoch über den Wolken schwebt. Sie ist eine verdammte Verführerin.

Sie riecht nach Vanille und Lavendel. Es ist berauschend, ganz zu schweigen von der Hitze, die den Raum erfüllt.

„Genug!", knurre ich ihr ins Ohr. Wenn sie versucht, mich zu erregen, dann muss ich meinen Schwanz in den Griff bekommen.

Außerdem will ich nicht, dass Luka merkt, dass ich einen Ständer wegen unserer Gefangenen habe, wenn ich auf ihrem kleinen, kecken Arsch herumstreiche.

Das ist alles, was sie ist, *eine Gefangene*. Sie ist eine Verräterin, auch wenn ich noch nicht herausgefunden habe, für wen sie arbeitet und was ihre Ziele sind.

Meine Hand fährt unter ihren Rock und vergewissert sich, dass der Schlüssel nicht in ihrem Höschen steckt. Der fadenscheinige Stoff ist durchnässt und sie tropft, ihr Atem bleibt ihr im Hals stecken.

Ich nehme meine Hand weg.

Ich möchte ihr das Höschen vom Leib reißen und meine Finger über ihre Lippen gleiten lassen, sie berühren, sie necken und ihr Stöhnen hören, während ich sie mit meinen Fingern ausfülle.

Aber ich werde sie nicht ausnutzen.

Lucy muss mich erst anflehen, sie zu ficken. Und selbst dann bin ich mir nicht sicher, ob ich mir das Vergnügen gönnen würde, ihr dabei zuzusehen, wie sie entblößt ist. Sie ist hier, weil sie über den Zaun gesprungen ist, nicht weil sie eingeladen wurde.

Es muss Konsequenzen für ihr Handeln geben. Und wenn es nach Mikhail geht, werden die Strafen hart und streng sein.

Lucy ist empfindlich. Ich bin mir nicht sicher, ob sie dem gewachsen ist, was ein gewöhnlicher Gefangener ertragen muss. Die Folter, die Demütigung und die abscheuliche Art, gezwungen zu werden, zu gestehen und zu gehorchen. Die meisten unserer Gefangenen sind Männer, Feinde der Bratva, die der italienischen Mafia oder dem kolumbianischen Kartell angehören.

Wo liegen Lucys Loyalitäten?

Ganz sicher nicht bei der Bratva.

Ich bin mir ziemlich sicher, dass sie weder eine Waffe noch meinen fehlenden Schlüssel bei sich hat, was mir seltsam vorkommt. Wie wollte sie auf das Gelände kommen? Wollte sie einfach durch die Vordertür eindringen?

„Wo ist der Schlüssel?" Ich drehe sie um und klettere von ihrem Körper herunter. Ich muss zweifelsfrei wissen, dass sie den Schlüssel nicht versteckt hat.

Sie schnaubt und ignoriert mich, während sie ihr Kleid zurechtrückt.

Glaubt sie etwa, dass die Schweigebehandlung sie retten wird?

„Antworte mir!", knurre ich. Es muss an ihr liegen.

Lucy zittert und zeigt mit dem Fuß auf mich, wobei sie ihren Schuh auf meinem Oberschenkel abstützt.

Ich habe ihre Schuhe übersehen. Ich ziehe ihre schwarzen Schuhe aus. Sie sind dick und schwer, klobig und haben eine zwei Zentimeter dicke Sohle.

Wenn ich den Schuh umdrehe, sehe ich, dass die Sohle dicke Fäden und einen leichten Umriss in der Mitte hat. Ich klappe das versteckte Fach auf und finde darin einen silbernen Metallgegenstand, der nicht zu sehen ist.

Der Schlüssel.

Ich hole den Schlüssel heraus, klappe das Schuhfach zu und lasse den Schuh auf die Matratze fallen.

Ich wollte mich irren.

Mit meiner linken Hand, die ich um den Schlüssel gelegt habe, ziehe ich Lucy am Arm aus dem Bett und schleife sie aus dem Schlafzimmer.

„Wo bringst du mich hin?" Ihr Atem stockt. Ihre grünen Augen sind groß und ihre Stimme zittert vor Angst. „Es tut mir leid. Ich habe ihn zurückgegeben. Kann ich bitte gehen?"

Ich grummle vor mich hin und begleite sie grob in den Flur und die Treppe hinunter.

Luka ist direkt hinter mir. Er hat kein einziges Wort gesagt. Er nimmt alles in sich auf und ich erwarte fast, dass er mich dafür tadelt, dass ich ihr vertraue.

Aber ich habe meine Fehler eingesehen und versuche, es wiedergutzumachen. Ich stehe in Mikhails Schuld, weil ich das Mädchen auf das Gelände gelassen habe und sie in den Besitz des Schlüssels für die Eingangstür des Geländes gekommen ist.

Die Schlösser müssen ausgetauscht werden, und ich werde nach dem Verhör von Lucy befragt, wenn ich das Glück habe, das gesamte Verhör zu führen. Jeder von Mikhails Männern könnte sich einmischen, weil ich Lucy zu nahe stehe.

Ich kann nicht zulassen, dass meine Zweifel mein Urteilsvermögen trüben.

Lucy ist der Feind.

Sie ist nicht nur ein süßes Mädchen, das ich im Club getroffen habe. Sie hat mir eine Falle gestellt und mich betrogen. Ich vergebe nicht so leicht, besonders wenn es um Loyalität und Vertrauen geht. Ich mag es nicht, wenn man mich hinters Licht führt und mich wie einen Idioten aussehen lässt.

Ich packe sie am Arm und ziehe sie durch den Hauptgang nach unten. Luka öffnet die Tür zum Gefängniskeller und schaltet das Licht ein, während ich sie die Steintreppe hinunterbegleite.

„Wo bringst du mich hin?" Lucy zappelt in meinem Griff und versucht, sich zu befreien, aber mein Griff ist zu fest, als dass sie weglaufen könnte. „Das kannst du nicht tun!"

„Du hast das getan. Deine Gefangenschaft ist allein dein Werk", sage ich. Wir erreichen das untere Ende der Treppe. Der Boden ist aus Beton und die Luft ist kühl.

Luka schließt einen der Metallkäfige auf, eine Gefängniszelle, und ich schiebe Lucy hinein.

„Bitte, tu das nicht!", schreit sie und wirbelt herum, aber ich schließe die Tür, bevor sie entkommen kann.

Die Metallstäbe halten sie in der Zelle gefangen. Ihre Finger umklammern das Metall und wickeln sich um die Stäbe. Sie kann sich nicht befreien, selbst wenn sie es versucht.

„Bitte", ihre Stimme stockt, und sie könnte weinen.

„Das hättest du dir überlegen sollen, bevor du den Schlüssel gestohlen hast und eingedrungen bist. Wirst du uns sagen, worauf du aus bist?"

Hat sie vor, Mikhail zu töten? Sie kommt mir nicht wie eine Mörderin vor, aber sie könnte das unschuldige Opfer spielen. Allerdings habe ich keine versteckte Waffe bei ihr gefunden.

Luka räuspert sich und nickt mir zu, das ich ihm nach oben folgen soll, um unter vier Augen zu reden.

Ich trete von der Zelle zurück. Sie wird nirgendwo hingehen, nicht so lange sie in dem Käfig eingesperrt ist.

„Warte!" Lucy schreit auf. Ihre Augen sind weit aufgerissen und ihr Atem wird immer lauter. Adrenalin fließt durch ihre Adern. Sie hat Angst, aber ich bin mir nicht sicher, ob es an ihrer

Gefangenschaft liegt oder an etwas anderem, das sie beunruhigt.

Ich gehe nicht auf sie ein. Stattdessen folge ich Luka die Steintreppe hinauf und verschwinde aus ihrem Blickfeld.

Lucy bleibt allein zurück. Es gibt für sie keine Möglichkeit zu fliehen und die Gefängniszelle ist nicht gerade nobel. Es gibt nicht einmal ein Feldbett. Sie ist kahl.

Wir halten Gefangene nicht lange fest. Wir verhören und töten sie, nachdem wir die benötigten Informationen erhalten haben.

Ich schließe die Tür zum Gefängnis und sorge dafür, dass Lucy unser Gespräch nicht mithören kann. Ich verschränke meine Arme vor der Brust. „Worüber wolltest du reden?", frage ich. Nach oben zu kommen, war nicht meine Idee gewesen. Ich wollte der Sache auf den Grund gehen und erfahren, was Lucy weiß.

„Du solltest mit Mikhail reden."

„Warum?", frage ich. Er weiß bereits, dass wir Lucy gefangen genommen haben und dass sie auf sein Grundstück eingedrungen ist. Hat er noch andere

Informationen über Lucy, von denen ich nichts weiß?

Lukas Blick zuckt nicht und ich habe den Eindruck, dass es mir nicht weiterhilft, Luka zu fragen. „Gut", murmle ich und gehe den Flur entlang. Ich werfe einen Blick über die Schulter zu Luka zurück. „Keiner außer mir verhört die Gefangene!" Ich will nicht, dass jemand anderes in Lucys Nähe kommt.

Sie gehört mir.

Mikhail ist in seinem Büro und ich klopfe kräftig an, bevor ich eintrete. Er sitzt hinter seinem Schreibtisch, seine Aufmerksamkeit ist auf seinen Laptop gerichtet.

„Sie wollten mich sprechen, Sir?", frage ich.

„Komm rein und mach die Tür zu, ja?"

Ich schließe die Tür hinter mir und setze mich ihm gegenüber auf den schwarzen Ledersessel an seinem Schreibtisch. „Das Mädchen wird unten festgehalten", sage ich und versichere ihm, dass seine Familie in Sicherheit ist.

„Anton hat erwähnt, dass sie das Mädchen aus dem Club von gestern Abend ist."

Mikhail entgeht nichts. „Ja, ich habe gestern Abend ihr Getränk auf ihr Kleid verschüttet."

Er grinst nur allzu wissend. „Ich bin mir sicher, dass sie das geplant hat. Ist sie diejenige, die für deinen fehlenden Schlüssel verantwortlich ist?"

„Ja, sie hatte den Schlüssel in ihrem Besitz." Ich ziehe ihn aus meiner Hosentasche und zeige ihn Mikhail.

„Ich lasse das gesamte Gelände neu verschlüsseln und zusätzliche Schlösser an den Haupttüren anbringen, um die Sicherheit zu erhöhen."

Ich mache mir nicht die Mühe, zu fragen, ob das notwendig ist. Mikhail hat das Sagen. Was er sagt, gilt. „Und was ist mit dem Zaun?" Dort hatte sie sich Zutritt verschafft. Lucy war auf das Gelände gebracht worden, weil ich sie nach dem Vorfall hineingetragen habe. Aber ihr Auftauchen auf dem Grundstück war eine Überraschung.

„Ich werde Bauunternehmer beauftragen, die den Zaun austauschen und das Grundstück sichern. Die Kosten werden von deinem Lohn abgezogen."

Mein Mund ist trocken. Es ist nicht klug, mit dem Pakhan zu streiten. „Natürlich, Sir." Immerhin lebe ich unter seinem Dach. Das zusätzliche Geld ist zwar großzügig, aber nicht überlebensnotwendig. Ich habe so viel Geld gespart, dass es keine Katastrophe wäre, wenn ich ein oder zwei Gehaltsschecks verlieren würde.

„Anton wird überprüfen, ob sie Schulden hat und ob sie in letzter Zeit Geld aus illegalen Quellen erhalten hat.

„Hast du das Kartell im Verdacht?"

Lucy arbeitet mit jemandem zusammen. Ich bin mir nur nicht sicher, wem sie hilft und warum. Ich habe keinen Ring an ihrem Finger gesehen, aber das heißt nicht, dass sie nicht schon vergeben ist. Sie könnte mit einem der Mitglieder des Kartells oder der Mafia verheiratet sein. Wie auch immer, ich habe sie vor letzter Nacht noch nie gesehen.

„Ich verdächtige alle", sagt Mikhail. „Es wäre klug, das Mädchen zu verhören und herauszufinden, was sie weiß und für wen sie arbeitet."

„Für wen auch immer sie arbeitet, es ist nicht aus Loyalität." Lucy hat etwas an sich, das sich echt anfühlt, wenn ich in ihrer Nähe bin; zumindest war das gestern Abend in der Bar so. Sie hätte mit mir spielen, mich verführen und mich ablenken können.

Ich hatte aus Nachlässigkeit meine Schlüssel auf dem Tisch liegen lassen und ihr ermöglicht, mich zu bestehlen. Hätte sie mir die Schlüssel aus der Tasche gerissen, wenn ich nicht so unvorsichtig gewesen wäre? Es ist unwahrscheinlich, dass sie eine gute Taschendiebin ist, sonst hätte sie ihn im Club mitgehen lassen und es vermieden, eine Minute mit mir allein zu verbringen.

„Du vermutest Erpressung."

„Ich habe genügend Zeit mit ihr im Club verbracht, dass ich sicher bin, sie ist nicht hier, weil sie es will. Jemand hat etwas gegen sie in der Hand."

„Das ist möglich. Wir werden sehen, ob Anton etwas findet, wenn er den Hintergrund überprüft. Du hast bereits eine Beziehung zu der Gefangenen aufgebaut. Ich möchte, dass du das Verhör fortführst."

„Das weiß ich zu schätzen." Der Gedanke, dass Luka oder Dmitri mit ihr in der Zelle sitzen, lässt meinen Puls rasen. Ich muss derjenige sein, der von ihr verlangt ihre Geheimnisse auszuplaudern, nachdem was sie getan hat. Sie schuldet mir nichts weniger als die Wahrheit.

Mikhail ist fertig und ich stehe auf, um zur Tür zu gehen.

Luka ist schon weg, aber ich kann nicht erwarten, dass er auf mich wartet. Er muss sich um andere Dinge kümmern, unter anderem um seinen Heiratsantrag an Hannah, der nicht nach Plan verlaufen ist. Aber er ist kein Mann der aufgibt, nicht wenn es um seine Familie und die Liebe seines Lebens geht.

Ich hätte nie gedacht, dass dieser Mann sich niederlassen und eine Familie gründen würde. Es ist ja nicht so, dass er das alles geplant hätte.

Ich bin nicht im Geringsten an einer romantischen Beziehung interessiert. Es gibt schon genug Kinder auf dem Gelände; die Ruhe war nur von kurzer Dauer, seit Aleksandra mit ihren Zwillingen Sophia und Liam weggegangen ist.

Aleksandra ist Mikhail's kleine Schwester und eine große Portion Ärger. Ich habe die Zwillinge immer zur Schule gebracht, aber der Himmel möge mir helfen, wenn ich auf sie aufpassen müsste. Ich kann nicht gut mit Kindern umgehen. Ich kann ihre klebrigen Hände und ihr ständiges Gejammer nicht ausstehen. Als ich ein Kind war, hat kein Erwachsener stundenlang so getan, als würde er sich für dumme Spiele interessieren.

Ich bin nicht dafür gemacht, ein Elternteil zu sein. Ich behaupte nicht, dass ich Kinder mag. Ich kümmere mich um sie wie um ein Haustier, mit Futter und Wasser, und lasse sie im Garten frei herumlaufen.

Das ist wahrscheinlich der Grund, warum Hannah mich nicht gebeten hat, auf Bay aufzupassen, und Madisyn will mich nicht in Kiras Nähe haben. Perfekt.

Ich habe schon genug zu tun, wenn Mikhail zu jeder Tages- und Nachtzeit Befehle gibt. Ich schwöre, der Mann macht kein Auge zu. Nicht, dass ich viel besser wäre.

Ich mache mich auf den Weg zum Keller, schließe die Tür auf, öffne sie und stapfe die Treppe hinunter. Meine Schuhe klacken auf den Steinen. Der Flur ist schwach beleuchtet, aber das Gefängnis unten ist hell erleuchtet. Das ist Absicht, denn so kann ein Gefangener nicht schlafen und weiß nicht, wie viel Zeit vergangen ist. Im Keller gibt es keine Fenster.

Das Gefängnis selbst ist vom restlichen Gelände schalldicht abgeschirmt, damit niemand hören kann, was mit dem Gefangenen passiert. Früher war das eine Einrichtung, die lästige Geräusche der brutalen Verhöre fernhielt, aber jetzt, wo die Kinder im Hauptgeschoss herumlaufen, ist es besser, wenn sie nicht wissen, was im Keller passiert.

Die Tür ist immer verschlossen. Nicht, dass wir uns Sorgen machen, dass ein Gefangener entkommen könnte. Das Gegenteil ist der Fall. Keiner von uns will, dass die Kinder oder ihre Mütter uneingeladen in die kalten Zellen kommen und herausfinden, was wir tun.

Madisyn ist nicht unaufmerksam, was ihre Aufgabe angeht; sie war früher beim FBI. Hannah, eine Krankenschwester bei Steele Concierge Medical, hat die Grausamkeit die von unseren Männern verlangt wird noch nicht gesehen, und wir alle ziehen es vor, dass es so bleibt.

So viel Härte kann man weder sehen noch hören.

Lucy sitzt auf dem Boden, die Beine gekreuzt und die Hände mit den Handflächen nach unten auf die Knie gestützt. Sie wirkt viel ruhiger als alle anderen Gefangenen, die ich in unseren Zellen gesehen habe.

Ihre Augen sind geschlossen, und das Mädchen sieht verdammt friedlich aus.

Meditiert sie?

Das soll kein Urlaub sein, in dem sie sich entspannen und erholen kann.

„Steh auf!", schnauze ich, und ihre Augen blitzen auf.

Sie starrt mich mit bedrohlicher Verärgerung an. Liegt es daran, dass ich ihr Ritual gestört habe? Nun, gut sie ist als Gefangene hier. Lucy sollte kriechen sich entschuldigen, und um ihre Freiheit betteln.

Diese unbekümmerte Seite von ihr gefällt mir nicht. Sie scheint nicht im Geringsten besorgt über ihre Gefangenschaft zu sein.

Warum ist das so?

Für wen arbeitet sie?

Glaubt sie, dass man sie retten wird?

„Niemand wird dich holen kommen", warne ich sie, als ich mich der Gefängniszelle nähere.

Lucy steht auf und streift ihr Kleid runter. Es reicht bis knapp über das Knie und das leuchtende Gelb bildet einen starken Kontrast zu den grauen Wänden und dem Boden.

„Wie lange wollt ihr mich festhalten? Bekomme ich keinen Anruf?" scherzt Lucy.

Ich kann nicht sagen, ob sie es ernst meint, aber ich grinse verschmitzt. „Wir sind nicht die Polizei."

Sie blickt an mir vorbei, ihr Blick sucht ziellos nach etwas. Eine Überwachungskamera? Wir haben viele davon im Gefängnis und auf dem gesamten Gelände. Die meisten sind schwer zu entdecken, da sie nicht sichtbar sind.

„Wer bist du?", fragt Lucy und kräuselt ihre Lippen, bevor sie auf ihre Unterlippe beißt.

Sie versucht, cool zu bleiben, aber ihre Hände zittern an der Seite, bevor sie die Arme vor der Brust verschränkt.

„Ich stelle die Fragen." Ich schreite näher an die Gefängniszelle heran. „Für wen arbeitest du? Ich weiß, dass du meinen Schlüssel nicht zum Spaß gestohlen hast."

„Ich hätte es tun können", scherzt sie und zieht eine Grimasse.

Ist sie besorgt, dass sie zu viel gesagt hat?

Ich schließe die Tür zur Gefängniszelle auf.

Lucy macht einen Schritt zurück und ihre Augen weiten sich als sie an mir vorbeischaut. Ich schließe die Tür hinter mir und stecke den Schlüssel in meine Hosentasche. Ich werde sie nicht entkommen lassen. „Wir können das auf die leichte oder die harte Tour machen."

„Wie wäre es, wenn du mich nach Hause gehen lässt? Du hast ja deinen blöden Hausschlüssel. Ich verschwinde jetzt." Ihre Schuhe reiben gegen den Beton, als ihr Blick auf die Metalltür fällt.

„Sie ist verschlossen." Ich erinnere sie daran, dass sie ohne Begleitung nirgendwo hingehen wird.

Ihre Augen zucken und sie stürmt auf mich zu, um mir mit der Faust einen Aufwärtshaken ins Gesicht zu versetzen.

Lucy ist mit ihren knapp über 1,60 Meter sehr klein. Ich bin mit knapp 1,80 Meter viel größer und sie hat keine Chance, mich zu überwältigen.

Ich packe ihren Arm, drücke ihn hinter ihren Rücken und drücke sie fest an mich. Ich gehe nicht das Risiko ein, dass sie wieder zu fliehen versucht. „Wie wär's, wenn wir reden?" Das ist keine Frage, dass ist ihre Chance auf Erlösung.

Ich brauche Antworten, und sie wird sie mir geben.

„Gut", grunzt sie und ich lasse sie los.

Sie geht einen Schritt zurück und reibt sich das Handgelenk, das ich kurz zuvor noch gehalten habe. Ihre Nasenflügel blähen sich auf, als sie mich anschaut.

„Sag mir, für wen du arbeitest." Ich stehe mit dem Rücken zur Tür, aber sie ist geschlossen und verriegelt. Das Gewicht des Schlüssels für die Gefängniszelle ist schwer in meiner Tasche. Wenigstens ist sie keine perfekte Taschendiebin. Sie hatte reichlich Gelegenheit dazu, als ich sie gefesselt habe.

„Du könntest mich genauso gut umbringen", sagt Lucy.

„Und warum das?"

„Ich bin so gut wie tot, wenn ich rede." Sie presst die Lippen aufeinander und blickt an mir vorbei in Richtung Treppe.

Hofft sie, dass jemand kommt und sie rettet? Die Tür zum Obergeschoss ist verschlossen und ich habe keinen der Männer die Treppe herunterkommen gehört. Es sind nur wir beide.

Ich bin nicht so dumm, mich umzudrehen und ihr einen Vorteil zu geben, wenn ich ihr den Rücken zuwende. „Wer hat gesagt, dass ich dich umbringen soll?"

Weiß sie, dass wir russische Bratvas sind?

Wenn ja, dann ist das ein guter Indikator dafür, dass sie mit einem unserer Feinde zusammenarbeitet, entweder mit Carlos Sanchez vom kolumbianischen Kartell oder mit Antonio Moretti von der italienischen Mafia.

Ihre Zunge fährt heraus und streicht über ihre Oberlippe. „Gut, dann lass mich gehen."

Mein Handy surrt in meiner Tasche und ich ziehe es heraus, um einen Blick auf die Nachrichten von Anton auf dem Display zu werfen.

Der Hintergrund ist hoch verschuldet. Hypothek säumig. Kein aktueller Wohnsitz in den Akten. Es scheint, dass sie ihren vorherigen Job verloren hat, als die Investmentfirma, für die sie gearbeitet hat, bankrott ging und nach einer Untersuchung durch die Securities and Exchange Commission geschlossen wurde. Derzeit bei Java Beans beschäftigt.

Ich bedanke mich kurz und stecke mein Handy in meinen Blazer.

Lucys Stimme zittert. „Was war das?"

„Abgesehen von meinem Handy?" Sie stellt meine Geduld auf die Probe. Nicht, dass ich erwarte, dass sie offen wie ein Buch ist und all ihre Geheimnisse ausplaudert, aber will sie nicht hier raus? Wenn sie auch nur den Hauch einer Ahnung hätte, wer wir sind, würde sie einen Deal machen und versuchen, sich zu retten.

Sie sagt nichts, sondern starrt mich nur mit ihren mürrischen grünen Augen an. „Was bist du 1,55?", frage ich. Lucy ist klein, obwohl ich nicht unhöflich sein will, gibt es einen Weg, wie sie ihre Schulden bezahlen kann, nachdem wir ein paar Grundregeln aufgestellt haben. Vorausgesetzt, sie ist bereit mir zu gehorchen.

Ich habe sie beleidigt. „1,61. Und was spielt meine Größe für eine Rolle? Fragst du dich, wie ich es geschafft habe, über dein kostbares Tor zu klettern?"

Das Mädchen ist eingebildet, das muss ich ihr austreiben zusammen mit ihrer Frechheit. „Red weiter."

Lucy pirscht sich an mich heran. „Du hast einen toten Winkel in der hinteren Ecke deines Sicherheitssystems zwischen der Zaunlinie und dem Garten.

Das haben wir bemerkt, nachdem sie das Problem mit unserem System aufgedeckt hatte. Der Abstand zwischen den beiden Kameras betrug weniger als einen Meter, aber irgendwie hat sie es bemerkt und versucht es auszunutzen.

Aber ich bezweifle, dass sie dahintersteckt.

„Wer hat dir von dem toten Winkel erzählt?"

„Keiner." Die Farbe verschwindet aus ihrem Gesicht, ihre rubinroten Wangen sind blass. „Ich will einen Anwalt."

„Wir sind hier nicht bei der Polizei. Du hast keine Rechte", wiederhole ich. „Du hast gesagt, wenn du redest würde dich jemand umbringen. Wer?" Ich brauche den Namen der Person, für die sie arbeitet. Wer hat sie dazu angestiftet?

„Du kannst mich nicht beschützen."

„Doch, wenn du mit uns zusammenarbeitest", sage ich. „Wer hat dich geschickt?"

Sie zittert, wendet sich ab und weigert sich zu antworten.

Ich pirsche mich näher heran. Ich mag ihre Einstellung nicht und auch nicht, dass sie mir nicht alles sagt was ich wissen will. „Das kann noch viel härter für dich werden", flüstere ich ihr ins Ohr.

Lucy dreht sich auf den Fersen herum und starrt zu mir hoch. „Nur zu, bring mich um."

Ist ihr ihr Leben nicht wichtig?

Ihre Hände zittern, und sie verschränkt die Arme vor der Brust.

Sie arbeitet für die Mafia oder das Kartell. Ich bin mir sicher, dass sie hinter diesem Plan stecken und sie nur ein Spielzeug in deren Spiel ist.

Ich muss sie nur davon überzeugen, mir zu vertrauen, was nicht leicht sein wird. Aber ich bin bereit für die Herausforderung und ich war noch nie so motiviert.

FÜNF

Lucy

Selbst wenn ich mich Nikita, meinem Entführer anvertrauen sollte, wäre das mein letzter Atemzug.

Er würde mich umbringen. Und wenn er es nicht tut, werden *sie* es tun.

Sie haben mir gedroht und mich gewarnt, dass sie mich ständig beobachten und einen Mann im Inneren haben. Ich habe keine andere Wahl, als ihnen zu glauben.

Mein Leben steht auf dem Spiel.

Und *seins* auch.

Mein Leben ist nicht wichtig. Aber das Leben meines Sohnes, um das ich mir Sorgen mache. Er ist sechs Jahre alt und hätte schreckliche Angst, wenn er wüsste, was passiert ist.

Zum Glück wohnt er bei meiner Schwester Katie, bis sich die Lage beruhigt hat. Ich konnte ihn nicht allein lassen.

Katie ist mit dem ersten Flug, den sie finden konnte, nach New York geflogen und hat Zion mitgenommen, um ihn zu beschützen.

Überall ist er sicherer als bei mir.

Weiß Nikita über Zion Bescheid? Er hat nicht nach meinem Sohn gefragt, aber warum sollte er auch? Es ist ihm wahrscheinlich egal, dass ich Mutter bin. Nicht, wenn er so ist wie die Männer, die meinen Sohn bedroht haben.

„Ich werde dich nicht töten", sagt Nikita.

Mein Atem bleibt mir im Hals stecken. Ich glaube ihm nicht. Es wäre zu einfach für ihn, mich gehen zu lassen, mich wegzuschicken.

Er starrt mich an und ich versuche, vor seinem stählernen Blick nicht zu zittern. „Wir haben dich überprüft", sagt er und entschuldigt sich nicht im Geringsten dafür, dass er in mein Privatleben eingedrungen ist.

Sie müssen gesehen haben, dass ich einen Sohn habe und die Bank mein Grundstück zwangsversteigert hat.

„Lässt du mich gehen?"

Seine Stirn zieht sich zusammen. „Wo wohnst du denn?", fragt er.

„Ich habe eine Bleibe", sage ich kryptisch. Wenn er die Adresse des Grundstücks, auf dem ich wohne, noch nicht herausgefunden hat, werde ich es ihm auch nicht sagen.

„Das mag stimmen, aber du schuldest uns etwas für heute Nacht."

„Ich habe den Schlüssel zurückgegeben. Ich schwöre, ich habe keine weitere Kopie gemacht."

Sein Blick weicht meinem aus. „Das macht nichts. Die Schlösser müssen ausgetauscht werden, der Zaun wird ersetzt und das Sicherheitssystem aufgerüstet, und das alles auf deine Kosten."

„Was?" Ist er verrückt? Meine Stimme bleibt mir im Hals stecken, während ich meine Hände zusammenfalte. „Wie viel wird das denn kosten?" Im Moment würde ich alles zahlen, um aus dieser blöden Gefängniszelle herauszukommen, aber ich habe kein überschüssiges Geld.

Wenn ich das hätte, würde ich nicht in diesem beschissenen Motel wohnen.

Meine Schwester war so nett, für ihren Flug und den von Zion zu bezahlen. Sie weiß nicht was passiert ist, nur dass ich in etwas hineingeraten bin, was ich nicht tun sollte, und dass unser Leben in Gefahr ist.

Wenn ich ihr noch mehr erzähle, könnte sie getötet werden. Das möchte ich Katie nicht antun und auch Zions Leben nicht in Gefahr bringen.

„Du wirst für uns arbeiten", sagt Nikita.

„Für euch arbeiten—wie?" Ich weiß nicht, was er vorhat, aber mir dreht sich der Magen um. Will er, dass ich illegal Waffen oder Drogen für ihn beschaffe?

Egal, womit sie ihren Lebensunterhalt verdienen, es ist aber nicht typisch für einen Mann, eine Gefängniszelle in seinem Keller zu haben.

„Du wirst im Club Sage arbeiten."

Das ist die Bar, in der ich gestern Abend über Nikita gestolpert bin. Es war kein Zufall, dass ich dort war aber ich hatte nicht vor, jemals zurückzukehren.

„Als was, eine Tänzerin?" Ich spotte über seine Andeutung.

Sein Blick wandert über meinen Körper, und er schüttelt den Kopf. „Du hast nicht den Körper einer Tänzerin. Du wirst Drinks servieren."

„Du bist ein Arschloch."

Er gluckst. „Würdest du lieber tanzen? Ich bin sicher, dass viele Männer gerne zusehen würden, wie du für sie mit dem Arsch wackelst. Vielleicht verdienst du sogar mehr Geld."

„Ich werde kellnern", sage ich und ziehe meine Bemerkung zurück. Ich will weder für ihn, noch für jemand anderen tanzen.

Er nickt zügig und wirft einen Blick auf mich. „Gut. Hannah hat mir erzählt, dass du im Barista arbeitest . Es sollte nicht allzu schwer für dich sein, die Getränkebestellungen zu erledigen."

Ich hatte mich schon über Hannah gewundert, aber die ganze Sache ist noch verschwommen, seit ich gestochen wurde. „Woher kennst du Hannah?"

Arbeitet sie für die Bratva? Ich wurde gewarnt, dass die Männer die ich bestehlen soll, bösartig und skrupellos sind und mich töten werden, wenn sie mich erwischen.

Ich weiß nicht viel über Hannah, außer dass sie Getränke bestellt und wie sie ihren Kaffee trinkt. Sie kam mehrmals in der Woche ins Café und bestellte immer das gleiche Getränk, bevor sie zur Arbeit ging.

Ein paar Mal kam sie in der Mittagspause vorbei, trug einen Kittel mit ihrem Namensschild, so erfuhr ich wo sie arbeitet. Ihr Name stand auf ihrer Getränkebestellung und auf dem cremefarbenen To-Go-Becher.

Nikita antwortet nicht auf meine Frage. Warum sollte ich auch erwarten, dass er mir etwas sagt? Es ist ja nicht so, dass ich ihm gegenüber kooperativ gewesen wäre.

Sein Telefon summt erneut und er holt es aus seiner Jackentasche. Er blickt von seinem Gerät zu mir. „Wer ist Zion?"

Mein Mund ist trocken. Ich beantworte seine Frage nicht. Wenn ich ihn anlüge, weiß ich nicht, was mit meinem Sohn oder mit mir passieren wird. Aber wenn ich ihm sage, dass ich ein Kind habe, was passiert dann mit meinem süßen, unschuldigen sechsjährigen? Ich will sein Leben nicht aufs Spiel setzen.

„Lucy", Nikitas Stimme klingt warnend, als er näher auf mich zugeht. „Wolltest du mir nicht sagen, dass du einen Sohn hast?"

Er weiß bereits über mein Kind Bescheid. Warum fragt er, wenn er die Antwort schon kennt? Es ist ja nicht so, dass Zion ein Geheimnis ist. Ich habe ihn in einem Krankenhaus zur Welt gebracht; ich bin mir sicher, dass es Aufzeichnungen gibt, die man leicht im Internet finden kann, ohne lange herumzusuchen. Ich habe einen Samenspender benutzt, weil ich unbedingt ein Kind wollte, nun kann ich ihn nicht einmal beschützen.

„Nein", flüstere ich. „Das geht dich nichts an."

„Und wo ist er—allein zu Hause?"

„Glaubst du wirklich, dass ich einen sechsjährigen Jungen allein zu Hause lassen würde?" Ich bin entsetzt über seine Andeutung. Weiß er denn nichts über Kinder? „Ihm geht es gut. Es ist jemand bei ihm." Ich werde nicht näher darauf eingehen. Ich bin mir sicher, wenn sie es wollen finden sie heraus, wo er ist.

„Familie?", fragt Nikita. Sein Blick ruht auf mir und ich kann mir nicht erklären, was ihm durch den Kopf geht.

Ich antworte nicht.

„Ich nehme dein Schweigen als Bestätigung dafür, dass man sich um ihn kümmert. ."

„Du machst dir Sorgen um meinen Sohn?" Das ist lächerlich. „Du hältst mich, seine Mutter, gefangen und jetzt sorgst du dich um das Wohl meines Kindes?"

Nikitas Kiefer spannt sich an. Ist er verärgert über mich oder beunruhigt, dass ich nicht zu seinen Füßen falle um ihn um Vergebung und mein Leben anzuflehen?

Er wirft einen kurzen Blick auf seine Uhr, bevor er in seiner Hosentasche nach dem Schlüssel für die Gefängniszelle greift. „Ich bringe dich nach Hause. Morgen beginnst du im Club Sage zu arbeiten."

Ich bin nicht im Geringsten dankbar dafür, dass er mir einen Job gegeben hat. Ich habe bereits einen Job, ich arbeite Vollzeit im Coffeeshop. Ich benötige keinen weiteren Job. Außerdem wird mir dieser Job keinen Cent einbringen.

Als er mich aus der Zelle führt, deutet er mir an, dass ich vor ihm die Treppe hochgehen soll.

Die Stufen sind dunkel und schmal. Auf dem Weg nach unten hatte ich es kaum bemerkt, aber die Luft ist kühl und ich fröstle, als ich meine Arme um mich schlinge, um mich warmzuhalten. War es im Gefängnis so kalt? Ich hatte es nicht bemerkt; ich war zu sehr damit beschäftigt, an Nikita zu denken und daran, wie ich hier lebend herauskommen würde.

Ich versuche, den Türgriff zu öffnen, aber er ist verschlossen und lässt sich nicht bewegen. „Soll das ein Scherz sein?", frage ich und werfe ihm einen Blick über die Schulter zu.

„Geh zur Seite", sagt er und deutet mir, aus dem Weg zu gehen.

Er schließt die Tür auf und hält mich am Arm fest, damit ich nicht zu weit vor ihm stehe.

Denkt er, dass ich dann fliehen werde? Ich weiß nicht einmal, in welcher Richtung die Tür nach draußen führt.

Nikita ist ruppig und energisch; seine Finger graben sich in meinen Arm und hinterlassen einen Abdruck. „Würdest du den Griff bitte lockern?"

Er sieht mich an und erkennt, dass sein Griff zu stark ist, um mich festzuhalten, er lässt etwas nach und tut mir nicht mehr weh.

Es gibt keine Entschuldigung von ihm.

Nicht, dass ich viel von ihm erwarten sollte.

Ein anderer Herr schreitet zügig den Flur entlang auf uns zu.

Er ist größer als ich, hat einen dichten Bart und dunkles Haar. In dem Moment, in dem er den Mund öffnet, um zu sprechen, erfüllt sein starker russischer Akzent den Raum. „Was ist sie noch am Leben?"

Mein Mund wird trocken und ich versuche, mich aus Nikitas Griff zu befreien.

„Sie ist mein Problem", sagt Nikita, „und ich habe vor, mich darum zu kümmern, Boss."

Ich schaue zwischen den beiden Männern hin und her. Hat Nikita wegen des Jobs gelogen? Hat er vor, mich aus der Stadt zu bringen und zu exekutieren?

„Gut."

Boss? Ist er das Oberhaupt der Familie? Soweit ich weiß, handelt es sich um die russische Bratva, was ihn zu Mikhail Barinov, dem Pakhan, machen würde.

Wenn ich von Nikita wegkomme, fahre ich nach Chicago, hole Zion ab und fahre dann nach Westen, mitten ins Nirgendwo.

Ich habe schon einmal mitten im Nirgendwo gelebt und bin in einer Kleinstadt in Montana aufgewachsen. Das Landleben sah nie gut aus.

Nikita schubst mich nach draußen. Es ist dunkel, und unter dem Wolkendickicht über mir ist nicht einmal ein Stern zu sehen. Die Luft ist kühl und ein paar Regentropfen prasseln auf meine Haut, die einen Hauch von Feuchtigkeit enthält.

Es ist mir egal, dass ich nass werde. Ich muss weg von Nikita und den Bratvas. Sie werden mich nicht gehen lassen, und selbst wenn ich meine Schuld bei den Männern beglichen habe, wer weiß, ob sie mich jemals in Freiheit lassen werden?

Mein Sohn ist in Gefahr. Mein Leben ist in Gefahr.

Ich muss fliehen.

Aber wenn ich weglaufe und versuche, über den Zaun zu springen, bezweifle ich, dass ich zweimal Glück haben werde. Nikita steht neben mir, sein Griff ist fest, als er mich zu seinem schwarzen Geländewagen begleitet. Er reißt die Tür auf.

„Steig ein", sagt er. Das ist ein Befehl.

Ich klettere auf den Vordersitz und schnalle mich an. „Das ist nicht nötig. Mein Auto steht gleich auf der anderen Seite des Zauns", sage ich und zeige in die Richtung, aus der ich gekommen bin.

„Da bin ich mir sicher", murmelt er und knallt die Beifahrertür zu. Nikita eilt zur Fahrerseite, gerade als der Regen wieder stärker wird.

Er steigt ein, lässt den Motor an und schaltet die Scheibenwischer ein.

„Wo bringst du mich hin?", frage ich und meine Stimme zittert beim Sprechen. Ich will nicht zeigen, dass ich Angst habe, aber ich fummele mit den Händen auf meinem Schoß herum. Es ist ja nicht so, als hätte ich jetzt viele Möglichkeiten.

Er hat eine Pistole an seiner Hüfte, ich habe aber keine andere Waffe bei ihm gesehen. Ich könnte versuchen zu fliehen, aber erst wenn ich außerhalb der Absperrung bin, und eine Chance habe zu kämpfen.

Der Regen könnte mich noch retten.

Vor allem, wenn die Sicht schlechter wird und er langsamer fährt.

Nikita lenkt das Fahrzeug durch den Haupteingang, als die Wachen die Tore für uns öffnen. Er biegt scharf links ab und ich will schon aussteigen, als er an meinem Auto vorbeifährt. Ich habe auf der anderen Straßenseite geparkt.

Er wusste, welches mein Auto war. Es gibt noch zwei andere, die auf der Straße vor anderen Grundstücken geparkt sind.

Was weiß er noch?

„Steig aus."

Es regnet in Strömen, und ich warte nicht darauf, dass er seine Meinung ändert. Ich steige aus dem Geländewagen aus und eile zu meinem Auto.

Mist.

Ich habe meine Schlüssel irgendwo im Hinterhof verloren, nachdem ich über den Zaun geklettert bin. Mein Handy ist im Handschuhfach, aber die Türen sind verschlossen.

Der Regen sah noch nie so gut aus. Ich schreite an meinem Auto vorbei; es ist im Moment nicht zu gebrauchen. Morgen werde ich mich darum kümmern, einen Schlüsseldienst zu finden, der das Auto öffnet und einen neuen Schlüssel anfertigt.

Ich schaffe es im Regen einen Block weiter, bevor Nikita neben mir anhält und das Beifahrerfenster herunterkurbelt. „Steig ein."

„Ich gehe lieber zu Fuß", sage ich.

Blitze erhellen den Himmel und ich erschaudere, als der Donner über mir kracht.

„Ich frage nicht." Nikitas Tonfall ist fest und er fährt neben her, während ich die Straße entlanglaufe.

Ich bin völlig durchnässt. Mein Haar ist tropfnass und mein Kleid klebt an meinem Körper. „Ich gehe nicht zurück in deinen blöden Kerker."

„Du wirst dich erkälten."

„Das ist ein Ammenmärchen. Außerdem würde ich lieber an Unterkühlung sterben als durch deine Hand."

„Autsch." Er drückt aufs Gas und fährt los.

„Gut", murmle ich und beobachte, wie er einen Block weiter auf die Bremse tritt. Was macht er nur?

Er lässt den Motor an und die Warnblinkanlage blinkt, als er in den Regen hinausgeht und einen Regenschirm holt. Hat er Angst, etwas nass zu werden?

Ich hätte fast Lust, zwischen den beiden Grundstücken hin und her zu joggen, aber ich will nicht, dass jemand die Polizei ruft, weil ich unerlaubt hier bin. Für einen Tag habe ich mir schon genügend Ärger eingehandelt.

Nikita trägt seinen dunklen Regenschirm, um sich vor dem Sturm zu schützen. „Du stellst meine Geduld auf die Probe. Steig in das Fahrzeug."

„Du solltest trocken bleiben", sage ich. „Komm mir nicht zu nahe. Ich könnte dich mit der Pest anstecken."

Er schnaubt über meine Bemerkung. „Ich sagte eine Erkältung, nicht den schwarzen Tod. Komm mit. Ich fahre dich nach Hause." Er packt mich am Arm und führt mich kurzerhand zurück zu seinem Auto.

Ich habe Angst zu fragen, aber die Worte kommen mir trotzdem über die Lippen. „Weißt du überhaupt, wo ich wohne?"

„Du hast die Wahl, ob ich dir nach Hause folge oder dich hinbringe", sagt Nikita.

„Du bist der erste Typ, den ich kenne, der ehrlich zu seinem Stalker-Dasein steht." Ich klettere auf den Beifahrersitz und weiche das Leder ein.

Er geht auf die Fahrerseite und schließt den Regenschirm. Er bleibt erstaunlich trocken für den heftigen Regenguss.

„Hast du viele Stalker?" Er klingt besorgt, aber ich bin mir sicher, dass ich das überinterpretiere. Warum sollte er sich Sorgen machen? Er hat mich gerade gefangen gehalten und zwingt mich, Schulden zu begleichen, die nicht einmal meine sind.

Aber wer bin ich, dass ich mich über Semantik streiten will? Wenn er bereit ist, mich zurück in das beschissene Motel zu bringen, kann ich wenigstens ausschlafen und mich morgen um diese scheiß Show kümmern.

Nikita stößt einen schweren Seufzer aus. „Adresse."

Ich kenne die Adresse des Hotels nicht. „Ich gebe dir eine Wegbeschreibung. Bieg am Stoppschild rechts ab", sage ich.

Er antwortet mir nicht, aber er folgt meinen Anweisungen, und als wir vor dem schmuddeligen Motel halten, wird die Stille gebrochen. „Du wohnst hier?", fragt er.

„Es ist ein Ort, an dem ich für eine Weile pennen kann", sage ich. Ich bin nicht stolz darauf, dass ich mein Haus zwangsversteigert wurde, aber ich mache das Beste aus einer ansonsten schlechten Situation.

Ich habe ein Dach über dem Kopf und Essen auf dem Tisch. Mit dem Rest werde ich fertig, wenn es so weit ist.

„Wie wäre es, wenn ich dir ein Zimmer besorge?"

„Nein, danke." Ich brauche keine Gefallen. Ich schulde der Bratva schon viel zu viel. „Ich kann mir das Sunshine Inn leisten", sage ich. Alles andere würde mein Budget bei Weitem übersteigen.

Nikita öffnet den Mund, aber ich werfe ihm einen Blick zu und er überlegt es sich anders.

Ich mache die Tür des Geländewagens auf, ohne mich darum zu kümmern, dass der Regen nicht nachgelassen hat.

„Sei vorsichtig. Hier kann es rau zugehen."

„Ich kann auf mich aufpassen", sage ich.

Er bietet mir nicht seinen Regenschirm an, aber selbst wenn er es täte, würde ich ihn nicht nehmen. Ich will nichts, wofür ich bezahlen müsste, auch nicht, wenn ich mir einen Schirm leihe. Ein bisschen Regen wird mich nicht umbringen. Ich gehe ins Haus, nehme eine heiße Dusche und klettere unter die Decke.

„Ich bin sicher, dass du das kannst", murmelt Nikita. „Deine Autoschlüssel", sagt er und reicht sie mir, als ich aus dem Auto steige.

„Du bist ein Arschloch." Ich knalle die Beifahrertür zu und eile zur dritten Tür von links. Wenigstens ist an den Autoschlüsseln mein Hotelzimmerschlüssel befestigt. Ich hatte angenommen, dass ich im Büro vorbeigehen müsste, um in mein Zimmer gelassen zu werden.

Warum hatte er mich im Regen stehen lassen, wenn er meine Autoschlüssel hatte?

Was zum Teufel ist los mit ihm? Ich eile ins Hotel und schließe die Tür ab. Nicht, dass es wichtig wäre. Ich bin sicher, Nikita könnte die Tür aufbrechen, wenn er hinein wollte.

Hat er deshalb meine Schlüssel behalten? Hat er eine Kopie davon gemacht, so wie ich es von seinem Haus machen sollte?

Gut gespielt.

Ich ziehe mich aus, gehe unter die Dusche und drehe den Wasserhahn auf heiß. Der Dampf füllt schnell den kleinen Raum im Bad. Meine Haut ist klamm und ich zittere, als ich unter den Strahl der

Dusche trete. Das Wasser brennt, bis meine Temperatur so hoch ist, dass das Brennen und Kribbeln verschwindet.

Nach einer heißen Dusche schlüpfe ich in meinen Schlafanzug und schalte das Licht aus. Ich habe nicht den geringsten Hunger und keine Lust, in den Sturm hinauszugehen, um mir etwas zu essen, zu holen. Auf dem Nachttisch liegt wahrscheinlich eine halb aufgegessene Tüte Kartoffelchips, aber sonst nicht viel.

Ich schleiche mich zum vorderen Fenster und schiebe die schweren Kordvorhänge zur Seite. Nikita sitzt in seinem SUV. Er hat sich nicht bewegt.

Hat er vor, das Motel die ganze Nacht zu überwachen?

Ich bin zu müde, um mich darum zu kümmern. Ich gehe zurück in das kleine Zimmer und klettere unter die Decke.

———

Irgendwann in der Nacht werde ich von einem scharfen Klopfen geweckt. Es ist hart und rau, jemand mit einer bestimmten Einstellung. Ich würde alles darauf wetten, dass es Nikita ist.

„Hau ab!", schreie ich und drehe mich im Bett um. Ich greife nach dem Kissen und vergrabe meinen Kopf, um die dumpfen Geräusche in Schach zu halten.

„Lucy, mach auf!"

Was kann er nur wollen? Hat er mich nicht schon genug gequält?

Ich ignoriere ihn.

Trotzdem hört er nicht auf, mit der Faust gegen die Haustür zu hämmern. Er wird noch die Nachbarn aufwecken. Das wäre gut. Vielleicht ruft jemand die Polizei und erstattet eine Anzeige wegen Lärmbelästigung, dann wird er verschwinden.

Der Donner kracht über uns und der Wind nimmt an Geschwindigkeit zu. Die Fenster klappern, aber das kommt nicht von Nikita.

Mein Magen krampft sich zusammen und ich klettere aus dem Bett, um zu sehen, was los ist.

Auf dem Parkplatz liegen mehrere umgestürzte Bäume, darunter auch einer, der Nikitas

Geländewagen umgeworfen und die Windschutzscheibe zersplittert hat. Wie zum Teufel konnte ich das verschlafen?

Ich schließe die Haustür auf und trete zur Seite. „Ich habe mein Telefon nicht dabei", sage ich. Wenn er versucht, seinen Geländewagen abzuschleppen, werde ich ihm nicht viel nützen.

Er knallt die Tür hinter sich zu und stößt mich von den Fenstern weg. „Geh ins Bad."

„Was machst du da?" Mit jedem Schritt, den er auf mich zugeht, trete ich einen Schritt zurück. Als ich kurz vor der Badezimmertür stehe, packt er mich am Arm und stößt mich ins Bad, bevor er die Tür hinter sich schließt.

Hat er den Verstand verloren?

Ich hätte ihn nicht in das Motelzimmer lassen sollen.

„Bleib weg von mir!" Ich nehme meine elektrische Zahnbürste und halte sie wie ein Messer hoch.

Er zieht amüsiert eine Augenbraue hoch. „Im Radio war von einem Tornado die Rede. Entspann dich. Ich bin nicht daran interessiert, dich zu foltern."

Vorhin, als er mich einsperrte, schien er andere Ideen zu haben. „Bist du dir da sicher?", scherze ich.

Nikitas Blick wandert meinen Körper hinunter, als er meinen Pyjama bemerkt. Die Flanellhosen sind aus Plüsch und mit kleinen Koalas bedruckt. „Ich hätte nicht gedacht, dass du ein Pelztierliebhaber bist."

„Was soll das heißen? Du weißt doch gar nichts über mich."

„Du hast recht. Ich weiß nichts." Nikita geht nicht auf den Köder ein. Er verschränkt die Arme vor der Brust und lehnt sich mit dem Rücken gegen die Badezimmertür, um jede Fluchtmöglichkeit zu verhindern.

Aber er ist nicht unzüchtig und zwingt mich auch nicht, einen unaussprechlichen sexuellen Akt mit ihm zu vollziehen.

„Hattest du vor, mein Motel die ganze Nacht zu überwachen?", frage ich. Hat er nicht etwas Besseres vor?

„Ich habe nur ein Auge auf dich geworfen." Nikita starrt mich mit seinem Blick an.

„Nun, ich brauche deine Hilfe nicht."

Die Lichter gehen aus. Es gibt kein Flackern, keine Warnung. Die Dunkelheit verschlingt den kleinen Raum. Ich stolpere vorwärts und suche nach dem Schalter an der Wand.

Hat Nikita das Licht ausgeschaltet, oder war es der Sturm?

Es gibt kein Fenster im Bad, nicht einmal einen Lichtfleck. Seine Hände sind rau und warm, als ich in dem kleinen Raum gegen ihn stoße. Die Kante des Waschbeckens gräbt sich in meinen Rücken.

„Vorsichtig", warnt er. Es raschelt, als er in seiner Jacken- oder Hosentasche kramt und sein Handy herausholt.

„Mach das Licht wieder an!", fordere ich.

„Das kann ich nicht", sagt er und schaltet die Taschenlampe seines Handys ein. „Aber ich kann dir Licht geben, wenn du es dir wünschst."

In seinem Ton liegt ein Hauch von Humor. Er ist kein Flaschengeist und das hier ist kein Märchen. Ich bin mit einem Monster in einer billigen Moteltoilette eingesperrt. Es fühlt sich eher wie der

Anfang eines Horrorfilms an, aber ich hasse Horrorfilme—oder alles, was auch nur annähernd gruselig ist.

Er leuchtet mit der Taschenlampe des Telefons auf den Boden und dreht es dann nach oben. Es ist hell, aber nicht annähernd so blendend, wie ich erwartet hatte.

Wie lange muss ich noch mit ihm im Bad eingesperrt bleiben? Obwohl es schlimmer sein könnte, hat er mich nicht körperlich eingesperrt. Ich glaube, er versucht, mich zu beschützen, aber ich bin mir nicht sicher, warum, wenn man bedenkt, wie der Tag verlaufen ist.

Der Wind draußen rüttelt und wirbelt, aber das Motel steht. Ich erwarte fast, dass ein Tornado kommt und uns mitreißt, aber Nikita bleibt ruhig und ich halte mich an der Kante des Waschbeckens fest.

„Glaubst du, dass es sicher ist, hier herauszugehen?", frage ich.

Es gibt immer noch kein Licht, aber das ist mir egal. Ich habe vor, wieder unter die Decke zu schlüpfen, sobald Nikita aus meinem Zimmer verschwunden ist.

Wann wird das sein? Ich habe vorhin einen Blick auf seinen Geländewagen geworfen, und da die Scheibe eingeschlagen und die Front verbeult ist, ist er vielleicht nicht mehr fahrbereit.

„Bleib hier", warnt Nikita und schleicht sich aus dem Bad, um sein Handy zu holen.

Er schließt die Tür, und die Dunkelheit nimmt jeden Zentimeter von mir ein. Mein Atem bleibt mir im Hals stecken und ich taste nach der Tür. Ich hatte noch nie Klaustrophobie, aber ich habe mich immer vor der Dunkelheit gefürchtet. Es war nie so schlimm, dass ich beim Schlafen ein Nachtlicht anlassen musste, aber es gibt ein kleines bisschen Licht.

Im Badezimmer herrscht völlige Dunkelheit, und das gefällt mir nicht.

Mit den Händen vor mir stolpere ich zur Tür, finde den Lichtschalter und schalte ihn aus, während ich nach der Tür greife.

Als ich das kalte Holz spüre, greife ich nach dem Griff, reiße sie auf und eile hinaus, wobei ich gegen Nikitas Brust knalle.

„Du kannst nicht zuhören", murmelt er in seinem Atem. „Das Schlimmste des Sturms scheint vorbei zu sein."

„Gut." Ich atme erleichtert auf. Der Raum ist zwar dunkel, aber hell genug, um es mir angenehm zu machen. „Ich würde gerne weiterschlafen."

„Lass dich auf keinen Fall von mir aufhalten." Er steuert auf den winzigen Stuhl neben der Tür zu und lässt sich mit dem Hintern hineinfallen. Er schaltet die Taschenlampe seines Handys aus, da er nichts mehr sehen muss.

„Ich habe dich nicht eingeladen, zu bleiben." Ich bin ein wenig schroff und vor allem müde.

Nikita schaut sich um, als wolle er herausfinden, wohin er gehen kann. „Hast du mein Auto gesehen?" Er zeigt auf die Eingangstür. „Der Motor stottert und durch die Windschutzscheibe kann ich nichts sehen. Ich rufe einen Abschleppdienst, aber niemand kommt raus, bevor das Wetter wieder besser wird, vor allem, wenn ich nicht auf der Straße bin."

Er hat recht, aber das bedeutet nicht, dass er hier in meinem Zimmer bleiben muss.

„Kannst du nicht in die Lobby gehen? Oder nachsehen, ob ein anderes Zimmer frei ist?"

„Das könnte ich, aber das werde ich nicht tun", sagt Nikita. Er rührt sich nicht von seinem Platz auf dem Senfstuhl. Die Möbel sind nicht besonders ansprechend; sie stammen wahrscheinlich aus den Siebzigerjahren und sind nicht neu gepolstert worden. Er kann von Glück reden, wenn sie geputzt wurden.

„Du wirst mich stattdessen wach halten." Ich verschränke meine Arme vor der Brust. Ich will, dass er verschwindet.

Nikita grinst. „Du hast ein Bett; geh schlafen." Er blickt auf den Bildschirm seines Handys und tippt vor sich hin, ohne meinen Blick zu beachten.

Er ist nervig.

Als er nicht aufsteht und sich nicht von seinem Platz auf dem Stuhl bewegt, schleiche ich mich zum Bett und werfe die Decke zurück. „Komm nicht auf dumme Gedanken."

Ich klettere unter die Decke. Das Bett ist kalt und ich ziehe mir fröstelnd die Decke bis zum Kinn hoch. Am liebsten würde ich mich unter der Decke verkriechen und so tun, als wäre dieser Tag nie passiert.

———

Am nächsten Tag wache ich früh auf. Jemand murrt in meinem Zimmer und ich drehe mich um, weil ich weiß, dass es kein schlechter Traum war.

Nikita sitzt auf dem zerschlissenen Stuhl, aber er ist eingeschlafen.

Ich hätte fast Lust, ihn zu wecken und aus meinem Zimmer zu werfen, aber dazu müsste ich mit ihm reden, und das will ich nicht tun. Ich hatte gehofft, ich würde aufwachen und er wäre weg. Das war wohl zu viel verlangt, wenn man bedenkt, dass er will, dass ich in seinem Club als Kellnerin arbeite.

Er hat mich nicht einmal gefragt, wann meine nächste Schicht im Café ist und ob mein Zeitplan es zulässt, dass ich überhaupt arbeiten kann, wenn er mich benötigt.

Ich werfe die Decke von mir und will mich umziehen und aus dem Zimmer schleichen, bevor er es merkt. Ich habe zwar kein Auto dabei, aber ich kann das Telefon in der Lobby benutzen und ein Taxi rufen.

Ich schleiche durch den Raum und komme nur bis zur Kommode, als ich höre, wie er sich räuspert. Ich werfe einen Blick über die Schulter, und er ist hellwach und starrt mich an.

„Ist der Strom wieder da ?", fragt er und schaut im Motelzimmer nach, inwieweit das Licht wieder funktioniert.

Der Wecker neben dem Bett blinkt mit seinen fetten roten Buchstaben unangenehm auf. „Sag du es mir." Ich deute auf die Uhr, woraufhin er grunzt und aufsteht.

„Zieh dich an und du triffst mich draußen. Du hast zehn Minuten Zeit."

„Ich muss duschen", sage ich.

„Mach lieber schnell." Nikita steht auf, streckt sich und geht aus dem Motelzimmer. „Schließ die Tür hinter mir ab."

Ich schnappe mir meine Klamotten von der Kommode und schließe ab. Will er, dass ich ihn aussperre? Ich frage ihn gar nicht erst, was er denkt. Ich will es auch gar nicht wissen.

Ich eile ins Bad und schalte das Licht an. Ich bin dankbar, dass ich es letzte Nacht aus Versehen ausgeschaltet habe. Sonst wäre ich in der Nacht aufgewacht, als das Licht wieder anging.

Ich schiebe den schimmeligen Duschvorhang beiseite, schalte die Brause ein und ziehe mich aus, während ich darauf warte, dass das Wasser warm wird.

Zehn Minuten.

Wird Nikita durch die Vordertür stürmen, wenn ich nicht rechtzeitig fertig bin?

Wird er in dem Club, in dem ich arbeiten soll, ständig da sein und mich beobachten und schikanieren? Er leitet den Club. Das hat er neulich gesagt, als ich ihn getroffen habe. Wie lange dauert es, bis ich meine Schulden abbezahlt habe?

Ich schiebe meine Hand unter die Dusche, drehe den Wasserhahn auf und stelle mich unter den Strahl. Das Wasser ergießt sich wie ein

Regenschauer über meine Haut. Während ich gestern Abend vor dem Schlafengehen geduscht habe, um mich aufzuwärmen, ist diese Dusche nicht so entspannend, wie ich es mir gewünscht hätte.

Stattdessen denke ich an Nikita, an die Arbeit, die ich für ihn erledigen soll, und an die Tatsache, dass er unweigerlich mein Chef sein wird.

Ich stöhne auf, wenn ich nur daran denke, dass ich von ihm Befehle annehmen muss. Und was passiert, wenn ich gefeuert werde?

Ein Schauer durchfährt mich und ich drehe das Wasser noch heißer. Dampf füllt das Bad. Der Abfluss ist voller Pfützen, aber wenigstens ist das Wasser klar.

Das Motel ist totaler Mist, aber mehr kann ich mir nicht leisten. Es wäre schön, wenn ich mit zwei Jobs doppelt so viel verdienen würde. Das ist unwahrscheinlich, wenn man bedenkt, dass ich der Bratva etwas schulde, und wofür—für einen Einbruchsversuch?

Ich habe Nikita nie erzählt, was ich stehlen sollte. Klar, ich habe ihm den Schlüssel gestohlen. Er hat das nur herausgefunden, weil ich erwischt wurde.

Ich wollte nicht auf dem Rasen in der Nähe des Gartens landen, um medizinische Hilfe zu bekommen.

Nachdem ich geduscht habe, trockne ich mich ab und ziehe meine schwarze Arbeitshose und eine weiße Bluse an. Ich weiß nicht, was Nikita von mir erwartet, und was ich im Club anziehen soll. Ich habe heute im Café frei, was eine Erleichterung ist, wenn man bedenkt, dass er mich praktisch Babysittet.

Ich verlasse das Badezimmer, schnappe mir ein Paar saubere Socken und ziehe sie an, bevor ich in meine Schuhe steige. Als ich die Haustür öffne, sehe ich Nikita neben dem zerknitterten Auto stehen, sein Handy in der Hand und eine Sonnenbrille auf.

Er sieht wie ein Mafioso, ein Mitglied der russischen Bratva aus. Ich sage kein Wort; das ist kein Kompliment und ich möchte nicht, dass er weiß, dass ich von seinen illegalen Aktivitäten eine Ahnung habe.

Handelt er mit Waffen und Drogen über den Club? Oder wäscht er Geld für den Boss und nutzt den Club, um sein Vermögen zu verwalten?

„Zehn Minuten", sagt Nikita und blickt von seinem Handy auf.

Ich habe die Zeit, nachdem ich ihn aus dem Motelzimmer ausgesperrt habe, und den Zeitpunkt, als ich die Türe öffne, um nach draußen zu gehen, nicht genau gemessen. Ich werfe einen Blick auf meine Uhr, aber die Zeit bedeutet nicht viel, außer einer Stunde. Es ist eher eine Geste, so zu tun, als würde es mich interessieren. „Ich war zehn Minuten weg."

„Fünfzehn, aber wir werden daran arbeiten, dass du pünktlich bist."

„Ist der Club um diese Zeit überhaupt geöffnet? Und wie wollen wir dorthin kommen?"

Nikita zeigt auf einen schwarzen Pickup Truck mit dunkel getönten Scheiben. „Ich habe gestern Abend um eine Mitfahrgelegenheit gebeten", sagt er.

„Und die haben dich jetzt erst abgeholt?" Ich grinse.

„Pass auf, was du sagst."

Meine Kinnlade fällt herunter. „Ernsthaft?" Das muss ein Scherz sein. „Und das von dem Mann, der mich gestern eingesperrt hat?" Wie kann es ihm egal sein, welche Worte aus meinem Mund kommen?

„Das eine hat nichts mit dem anderen zu tun." Er schreitet über den Parkplatz zu seinem Auto. Nikita wartet nicht darauf, dass ich ihm folge, aber das tröstet mich nicht.

Ich eile über den Parkplatz und gehe zur Beifahrerseite. „Schlüssel?"

Er schließt die Autotüren auf und ich steige ein. „Ich habe sie heute Morgen mit dem Auto abgegeben, als du geduscht hast." In seiner Stimme liegt ein Hauch von Verachtung.

„Eifersüchtig?", scherze ich. „Es waren extra Handtücher da. Du hättest nach mir duschen können."

Seine Nasenflügel blähen sich auf und seine dicken Finger umklammern das Lenkrad. „Ich dusche nicht nach jemandem." Er lenkt auf die Hauptstraße und wir fügen uns mühelos in den Verkehr ein, selbst wenn wir mit dem Panzer fahren.

Der Truck ist riesig. Ich bin es gewohnt, meine viertürige Limousine zu fahren, und sie kostet mich keine zweite Hypothek an Kraftstoff.

Ich ignoriere seine Bemerkung. Ich bin mir nicht sicher, was sie bedeutet. Ist er sich zu gut für die zweite Dusche und macht sich Sorgen, dass er nicht genug heißes Wasser hat? Es ist besser, wenn ich nicht mit ihm spreche. Es ist noch früh am Morgen, ich habe noch keinen Kaffee getrunken und ich würde bestimmt etwas Bedauerliches sagen.

Er tritt kräftig auf das Gaspedal. Der Truck schlingert vorwärts, während er sich durch den Verkehr schlängelt und zwischen den Fahrspuren hin und her wechselt. Es wirkt fast leichtsinnig, aber ich habe den Eindruck, dass er das schon oft gemacht hat und sehr geübt ist.

Er scheint etwas zu bereit für eine Verfolgungsjagd zu sein.

Ich vergewissere mich, dass mein Sicherheitsgurt fest sitzt und die Schnalle sicher ist, während ich den Griff über der Tür ergreife.

„Gefällt dir mein Fahrstil nicht?" Er wirft mir einen Blick zu, bevor er seine Aufmerksamkeit wieder auf die Straße richtet.

„Ich werde froh sein, wenn ich in einem Stück zum Ziel komme."

„Na gut." Er hat beide Hände am Lenkrad und nach ein paar Minuten halten wir vor dem Club und er parkt dahinter. Draußen stehen noch zwei andere Trucks. Männer in Anzügen stehen neben ihren Fahrzeugen, die Arme vor der Brust verschränkt.

Sie sehen nicht im Geringsten unauffällig aus.

„Nikita", krächze ich, und meine Stimme bleibt mir im Hals stecken. Mein Magen wird flau. Was machen diese Männer hier? Worauf warten sie?

Auf mich?

Da steht ein weißer Truck, groß genug, um Möbel oder Menschen zu transportieren. Man hat mir nachgesagt, ich hätte eine überreizte Fantasie, aber ich bin mir nicht sicher, ob das so schlimm ist, wenn man bedenkt, zu welchem Umgang ich gezwungen werde.

„Bleib ruhig sitzen", sagt er. Er stellt den Motor ab, klettert aus dem Pickup und nimmt seine Schlüssel.

Verdammt!

So viel zu dem Versuch, sein Fahrzeug zu stehlen. Ich nehme an, er traut mir nicht. Und das aus gutem Grund, denn ich habe bereits seinen Schlüssel gestohlen und wurde bei dem Einbruch erwischt. Nun ja, ich wurde erwischt—der Rest ist für mich etwas unklarer.

Er grüßt die Männer, deren Stimmen aus dem Inneren des Fahrzeugs gedämpft sind.

Während Nikita mich nicht beachtet, öffne ich langsam die Vordertür und schlüpfe hinaus, wobei ich darauf achte, kein Geräusch zu machen. Ich lasse die Tür offen. Wenn ich sie schließe, wird er es sicher bemerken, und ich gehe zu Fuß in Richtung Hauptstraße.

Als ich aus dem Truck schleiche, bin ich zwar leise, aber meine Schritte sind kein bisschen leise, wenn ich renne.

„Scheiße!", schreit Nikita, als er meine Flucht bemerkt.

Ich schaue nicht zurück. Das kann ich nicht. Wenn ich auch nur einen Blick über die Schulter werfe, könnte ich stolpern oder langsamer werden, und beides ist nichts, womit ich mich jetzt beschäftigen kann.

Ich eile zur Straße und schlängle mich durch eine Gasse, um ein anderes Viertel zu durchqueren und sicherzustellen, dass Nikita mich nicht entdeckt. Das einzige Problem ist, dass nicht nur Nikita hinter mir her ist, sondern auch die italienische Mafia, die ebenfalls Jagd auf mich macht.

Ich habe meinen Termin heute Morgen verpasst, um mich mit Aleksandra zu treffen und das Artefakt zu übergeben. Aleksandra Moretti, zumindest nehme ich an, dass das ihr Nachname ist. Sie hat mir nicht gerade viele Informationen gegeben, als sie mich zu diesem Job gezwungen hat.

Aleksandra ist die Frau von Antonio Moretti. Er ist der Don der italienischen Mafia und er ist skrupellos, wie man mir erzählt hat.

SECHS

Nikita

Ich kann nicht glauben, dass Lucy zu Fuß abgehauen ist. Warum habe ich geglaubt, dass sie auf mich hören würde? Sie hat sich bisher nicht als loyal erwiesen, und warum sollte sie das auch? Sie ist keine Bratva.

Von ihr Loyalität zu erwarten ist töricht, besonders wenn man bedenkt, wie wir uns kennengelernt haben. Sie ist hinterlistig, aber ich habe nicht den Eindruck, dass sie das zufällig oder aus freien Stücken tut. Sie ist in Schwierigkeiten geraten, und ich bin verrückt genug, ihr zu helfen.

Und warum?

Ich mag Herausforderungen und das Mädchen reizt mich auf eine Art und Weise, die ich noch nie erlebt habe. Welche Frau wäre so verrückt, in das Bratva-Gelände einzubrechen?

Wollte sie erwischt werden?

Natürlich könnte sie ahnungslos sein, womit wir unseren Lebensunterhalt verdienen, aber das scheint mir zweifelhaft. Und jetzt, wo sie zu Fuß abgehauen ist, um meinem großzügigen Angebot, ihr einen Job zu geben zu entgehen, verbirgt sie etwas.

Okay, großzügig ist vielleicht ein wenig zu milde ausgedrückt. Sie hat meinen Schlüssel gestohlen und Mikhail hat eine Entschädigung für ihr Vergehen verlangt. Mir gefällt die Tatsache, dass ich bei ihrer Bestrafung kreativ sein kann. Die Arbeit im Club scheint eine Art Win-win-Situation zu sein. Ich bin dankbar für die Hilfe. Es ist schwer, gute Mitarbeiter zu finden, und solche die wissen, wie man den Mund hält. Außerdem muss ich sie nicht direkt bezahlen, sondern sie steht in unserer Schuld, was ein Vorteil für die Bücher und mich ist.

Aber ich muss sie erst einholen.

Und ich habe nicht gerade die richtige Kleidung, um zu rennen—mit meinem Anzug und den glänzenden schwarzen Schuhen werde ich auf der Rennbahn keine Rekorde gewinnen.

„Willst du ihr nachgehen?", fragt Dmitri und unterbricht unser Gespräch, als wir alle ihre Schritte auf dem Bürgersteig hören.

Ich stöhne und steige in den Truck. Sie wird es uns nicht leicht machen. Mit ihrem Sohn in Chicago, ist die Flucht vor uns die geringste ihrer Prioritäten. Lucy wird der Gefahr, in die sie sich begeben hat, entkommen wollen.

Es ist nicht so, dass sie viele Verbindungen zu New York hat. Ihr Sohn ist mit ihrer Schwester in Chicago. Wenn ich sie wäre, würde ich mich auf den Weg in die windige Stadt machen. Natürlich nicht, bevor sie sich ihr Auto geholt hat.

Und wenn ich raten müsste, würde sie zuerst dorthin fahren. Aber nicht zu Fuß. Sie wird weglaufen, sich verstecken, entweder trampen, einen Freund anrufen oder vielleicht ein Taxi nehmen. Ich habe weder eine Handtasche noch eine Brieftasche bei ihr gesehen, wenn sie kein Geld im Auto hat, ist ein Taxi die letzte Option.

Ihr Telefon lag auch im Fahrzeug, also bezweifle ich, dass sie telefoniert, vor allem, wenn sie sich von uns entfernt.

Ich gebe Vollgas und fahre in den Verkehr. Ich fahre langsam und schaue die Gasse entlang, während ich nach Lucy suche. Sie ist nicht leicht auszumachen und sie hatte einen guten Vorsprung, wenn auch nicht viel, aber der Verkehr hat mir einen Strich durch die Rechnung gemacht.

Ich bleibe nicht lange auf der Hauptstraße. Das würde sie sicher nicht tun. Ich fahre durch die Seitenstraßen, bis ich in ein Viertel komme. Aus der Ferne sehe ich, wie sie durch einen Hof rennt, und ich reiße das Lenkrad kräftig herum, um in ihre Richtung zu fahren.

Ich bin nicht der Einzige, der ihr folgt.

Meine Hände krallen sich in das Lenkrad. Ich erkenne das Fahrzeug vor mir. Es ist wahrscheinlich einer der Italiener, der Mafia. Ich hatte nicht bemerkt, dass sie uns folgen, aber ich war heute Morgen zu sehr damit beschäftigt, Lucys frischen Duft nach der morgendlichen Dusche zu riechen.

Das reichte aus, um mich zu erregen und meinen Schwanz in meiner Hose zucken zu lassen. Ich war nicht darauf vorbereitet, von der italienischen Mafia verfolgt zu werden. Vielleicht hätte ich vorsichtiger sein sollen.

Arbeitet sie mit ihnen zusammen oder sind sie hinter ihr her, um an mich heranzukommen? Das traue ich ihnen nicht zu. Antonio ist ein Monster und seine Frau, Mikhail's Schwester Aleksandra, ist nicht besser.

Ich gebe Gas und beeile mich, Lucy einzuholen, aber sie flüchtet zwischen den Häusern, sodass es schwierig ist, sie mit dem Auto zu verfolgen.

Die Italiener halten an und Aleksandra springt zusammen mit Otello, einem weiteren Mafioso, vom Rücksitz. Sie laufen zu Fuß los, um sie zu verfolgen.

Gerade als ich den Italiener umfahren will, schert der Fahrer vor mir aus und zwingt mich zu einer Vollbremsung oder zum Zusammenstoß mit seinem Fahrzeug. Ich bin versucht, sein Auto mit meinem Truck zu demolieren, aber das würde mir nicht helfen Lucy zu kriegen, und ich bin in der Minderheit. Sie sind zu dritt und Lucy wird wahrscheinlich nicht freiwillig mit mir gehen.

Vielleicht sollte ich ihr Fahrzeug rammen, um sicherzustellen, dass sie entkommen kann. Aber die Italiener lassen sich von meinen Drohungen nicht beeindrucken und ich will verdammt sein, wenn sie mich mit ihren Waffen bedrohen , aber die Quote von drei zu eins hilft auch nicht.

Ich bin ein guter Schütze, aber ich habe niemanden, der mir Deckung gibt, und eine Schusswunde brauche ich nicht. Das wird mir nicht helfen, Lucy schneller aufzuspüren. Außerdem sind wir in einem dicht besiedelten Viertel. In dem Moment, in dem wir anfangen, Kugeln abzufeuern wird jeder Nachbar, der zu Hause ist, die Polizei rufen und wahrscheinlich mit seinem Smartphone aus dem Fenster schauen.

Wir sind nicht in dem beschissenen Teil der Stadt, wo die Leute an Gewalt gewöhnt sind. Zumindest nicht so offen und unverhohlen, dass die Gewalt auf den Straßen und vor ihren Häusern stattfindet.

Die Italiener kommen um die Ecke. Aleksandra und Otello zerren Lucy in das wartende Fahrzeug und zwingen sie auf den Rücksitz.

Ich knurre und schlage mit der Hand gegen das Lenkrad. Ich hätte sie davon abhalten müssen, sie zu packen! Ich hätte mehr tun müssen, um Lucy zu helfen.

Ich verfolge den schwarzen Geländewagen, der durch die Nachbarschaft fährt. Es ist kein Geheimnis, dass ich ihnen gefolgt bin, und sie versuchen überraschenderweise nicht mich abzuhängen.

Nach gut fünf Minuten, in denen sie in einem riesigen Kreis durch das Viertel fahren, halten sie an und Lucy wird aus dem Wagen gestoßen, bevor sie davonrasen.

Sie steht nach Luft schnappend im Gras neben dem Bürgersteig. Auf den ersten Blick scheint es ihr gut zu gehen, es gibt keine sichtbaren Anzeichen von Verletzungen. Sie ist am Leben, was eine Überraschung ist. Warum wurde sie wieder frei gelassen? Arbeitet sie für sie?

Ich halte den Truck an und kurble das Beifahrerfenster herunter. „Steig ein!", schreie ich sie an.

Sie kaut auf ihrer Unterlippe und stöhnt leise, aber sie willigt ein.

Lucy geht zögernd auf mein Fahrzeug zu. Sie tut das nicht aus Lust, sondern vielleicht aus Notwendigkeit. Wie weit würde sie ohne ihre Brieftasche, ihr Telefon oder ihr Auto kommen?

Vielleicht haben die Italiener darauf bestanden, dass sie mich begleitet, weil sie etwas vom Gelände haben wollten. „Arbeitest du für sie?" Das ist die erste Frage, die sie hört, während sie die Beifahrertür öffnet. Sie hat noch nicht einmal einen Fuß in den Wagen gesetzt, und schon löchere ich sie mit meinen Fragen.

„Nicht, weil ich es will", sagt Lucy. Ihre Stimme zittert und ihre Schultern sind eingefallen. Sie ist weniger trotzig.

Was haben sie zu ihr gesagt, als sie auf dem Rücksitz saß? Haben sie ihr gedroht? Ihre Familie? Ist das der Grund, warum ihr Kind in Chicago ist?

„Sie bedrohen dich. Was wollen sie?" Ich komme direkt zur Sache. Ich kann ihr helfen, wenn sie mir hilft.

Wir sind keine Freunde der Mafia. Aber wir sind auch keine typischen Feinde, zumindest nicht mehr. Wir haben eine Vereinbarung getroffen, an die wir uns halten, seit Aleksandra ihre Familie die Bratva, für Antonio verlassen hat.

„Du kannst mir nicht helfen." Sie sitzt auf dem Beifahrersitz, die Hände im Schoß und zappelt, während sie versucht, sich zu beruhigen oder einfach nur stillzusitzen. Das Mädchen ist nervös. Aber ich weiß nicht, warum, außer dass sie mit der Mafia zu tun hat.

Sie sind nicht schlimmer als die Bratva. Im Vergleich zu uns sind sie praktisch Pfadfinder, aber ich würde niemandem wünschen, dass er sich mit ihnen einlässt, vor allem nicht Lucy.

Sie ist zu jung, zu naiv und weiß nicht, dass sie eine Frau ausnutzen würden, hauptsächlich eine verzweifelte. Und ihr Bankkonto und ihre Finanzen strotzen nur so vor Verzweiflung. Ich könnte ihr helfen, aber warum sollte ich das tun?

Welchen Anreiz gibt es für mich, ein netter Kerl zu sein?

Für mich ist das alles andere als selbstverständlich. Seit meinem vierzehnten Lebensjahr gehöre ich zu der Bratva und wurde in die dunkle Unterwelt gestoßen, um mich vor einer kalten, grausamen Welt zu retten, ohne zu ahnen, welche Dunkelheit mich einhüllen würde.

Ich liebe niemanden, außer die Bitterkeit und Leere meiner Familie. Mein Bratva-Blut sind meine Brüder. Meine Verwandten.

„Sag mir, was du ihnen schuldest." Es ist kein Geheimnis, dass sie etwas von ihr wollen. Sie haben sie am Leben gelassen und sie wieder auf die Straße geworfen. Wahrscheinlich wollten sie eine Nachricht oder eine Drohung überbringen. „Es geht um etwas auf dem Gelände, nicht wahr?"

Warum sonst hätte sie meinen Schlüssel gestohlen und ihr Leben riskiert, indem sie in unser Haus eingebrochen ist?

„Sie kommen heute Abend zurück zum Motel. Wenn ich es nicht abliefere, bin ich tot. Dann werden sie hinter meiner Familie her sein."

„Was hast du getan, um die Mafia zu verärgern?", frage ich und werfe einen Blick auf sie. Ich weiß genau, wie sie die Bratva verärgert hat. Ist sie auch in das Gelände der Mafia eingebrochen?

Sie scheint nicht der Typ zu sein, der Regeln bricht —sie lügt, stiehlt und betrügt, um sich aus

Schwierigkeiten herauszuwinden, oder in manchen Fällen in Schwierigkeiten zu bringen. Ich kann es nicht genau sagen, aber es scheint, als wäre sie da zufällig hineingeraten.

„Da ist etwas im Haus, in Aleksandras altem Schlafzimmer." Lucy runzelt die Stirn und zieht die Augenbrauen zusammen. „Ich habe ihre Bitte nicht verstanden, aber sie sagte, sie wolle ein Gemälde an der Wand hängen haben."

„ Du hattest vor, dir das Gemälde zu schnappen, um dann damit über den Zaun zu springen?" Ich schwöre, dass ich das alles schon gehört habe. Das Mädchen amüsiert mich weiterhin, was angesichts dessen, wozu sie gezwungen wird, sehr ärgerlich ist.

„Ich hatte keinen Plan", flüstert Lucy und sieht mich an. „Wenn ich das Gemälde nicht abliefere, bin ich praktisch tot."

Ich wende den Wagen und wir fahren zurück in Richtung des Geländes. Ich vertraue nicht darauf, dass die Italiener nicht jemand anderen schicken, selbst wenn Lucy durch ihre Hand sterben sollte. Wenn sie etwas aus unserem Haus wollen, werden sie nicht aufhören, bis sie haben was sie wollen.

Aber ein Gemälde?

„Zeig mir, was du abliefern sollst." Ichmöchte, dass sie mir das Gemälde in dem Raum zeigt, was Aleksandra will. Es hat nichts mit einem Kunstwerk oder der Einrichtung zu tun. Ich muss Mikhail über die Neuigkeiten und das Zusammentreffen mit seiner Schwester informieren.

„Das werde ich. Heißt das, dass du mir helfen wirst?" Ihre Augen sind weit aufgerissen und leuchtend wie ein Reh.

Ich mache keine Versprechungen. „Wie bist du in diesen Schlamassel geraten? Hast du dich bei den Italienern verschuldet?" Was könnte sie getan haben, dass sie zur Zielscheibe wurde? Hat sie sie bestohlen?

„Ich war mit Zion im Park. Er spielte auf der Schaukel, und diese Frau saß neben mir auf der Bank. Wir sprachen kaum zwei Worte miteinander und ehe ich mich versah, stand sie auf, um zu gehen, und ließ ihr Handy zusammen mit einer Tasche, die sie unter die Bank gelegt hatte zurück."

„Lass mich raten: In der Tasche war Geld?", frage ich.

„Woher weißt du das?"

Ich antworte nicht auf ihre Frage. „War es dasselbe Mädchen, das dich heute begrapscht hat?" Ich kann mir nicht vorstellen, dass Aleksandra dahinterstecken würde, Lucy und ihren Sohn zu bedrohen.

„Nein, aber sie war dabei, als der Mann meinen Sohn bedrohte. Sie hat versucht, über mich zu intervenieren, aber er wollte nicht auf sie hören. Sie hat darauf bestanden, dass alles vergessen ist, wenn ich das Gemälde zurückhole."

„Was hast du mit dem Geld und dem Telefon gemacht?"

„Sie sind mir gefolgt, haben mich in einen schwarzen Geländewagen gezerrt, mein Portemonnaie nach meiner Adresse durchsucht und dann gedroht, meinen Sohn zu töten wenn ich nicht genau das tue, was sie mir befehlen."

Ich habe zwei Möglichkeiten: Ich setze Lucy im Motel ab oder bringe sie zurück zum Gelände.

Mikhail wird nicht begeistert sein, aber ich fahre in Richtung des Geländes. Ich fahre vor das Tor und

Anton gewährt uns Einlass, indem er den Metallzaun öffnet.

„Wir sind wieder hier?", quietscht ihre Stimme.

Ich schaue in ihre Richtung.

Sie zappelt mit ihren Händen herum. Ihr Gesichtsausdruck ist grässlich.

„Wenn du kotzen musst, mach die Tür auf", sage ich. Sie muss nervös sein, weil sie zurück auf das Gelände kommt, wo ich sie gestern eingesperrt hatte.

„Ich werde mich nicht übergeben." Die Farbe ist noch nicht in ihre Wangen zurückgekehrt. Sie rollt ihre Lippen zusammen und schaut mich an, während sie sich auf ihrem Sitz hin und her bewegt.

Alles deutet darauf hin, dass sie sich unwohl fühlt, aber ich kann sie nicht im Pickup lassen. Sie könnte abhauen und wieder über den Zaun springen.

„Was machen wir hier?", fragt sie.

Ich fahre vor den Eingang, stelle den Truck in die Parkposition und schalte den Motor aus. „Ich muss mit Mikhail sprechen."

„Kann ich hier warten?"

„Nein. Komm rein und iss etwas, während ich mich um den Chef kümmere." Ich reiße den Türgriff auf, steige aus und helfe Lucy aus dem Auto.

Sie ist bereits ausgestiegen und steht mit den Händen in den Hüften an der Beifahrertür. „Ich gehe nicht zurück in den Keller-Kerker."

„Gut. Mach keine Dummheiten, sonst muss ich dich nach unten begleiten." Ich führe sie die Treppe hinauf und durch das Hauptfoyer. Lucy folgt ein paar Schritte hinter mir, und ich warte, bis sie eingetreten ist, bevor ich die Tür schließe und das Gelände absperre.

Luka geht den Flur entlang und bleibt mitten im Schritt stehen, als sein Blick auf Lucy fällt. „Sie ist wieder da." Er ist kein bisschen leise mit seiner Bemerkung.

„Ist Mikhail da?" Ich frage, in der Erwartung, dass Luka vielleicht weiß, wo der Chef ist und was er gerade macht. Er verbringt nur selten Zeit in seinem Büro.

„Er ist mit Kira und Madisyn zum Arzt gegangen. Ich erwarte ihn jeden Moment zurück."

„Ist alles in Ordnung?" Ich hatte nicht bemerkt, dass Kira krank war.

„Es geht ihr gut. Im Gegensatz zu der Gefangenen, die du in Mikhail's Haus zurückgebracht hast. Was macht sie denn hier?" fragt Luka und fixiert Lucy mit seinem Blick. Er ist nicht erfreut, sie zu sehen, und Mikhail wird ihr Anblick noch mehr missfallen.

„Sie hat Informationen über seine Schwester, die Mikhail hören will."

„Ich bezweifle, dass ihm das den Tag versüßen wird", sagt Luka. „Ich werde mir selbst einen Gefallen tun und ihm heute Nachmittag aus dem Weg gehen. Viel Glück!" Er geht den Flur in die entgegengesetzte Richtung des Treppenhauses hinunter.

„Komm mit. Ich will sehen, was du den Italienern bringen sollst." Ich begleite Lucy die Treppe hinauf zu dem Zimmer, das früher Aleksandras Schlafzimmer war. Es ist unbewohnt. Die Kommode ist immer noch an die Wand geschoben, die Vorhänge sind zugezogen. Ich knipse das Licht an und betrachte jedes Bild an der Wand.

Auf den ersten Blick fällt mir nichts Ungewöhnliches auf.

„Welches Bild wollen sie?"

Lucy schaut sich im Raum um und zeigt nach ein paar Sekunden auf das Bild mit dem Gänseblümchenfeld. Die Farben sind gedämpft. Das Gemälde ist ein Original, aber es ist mit der Zeit verblasst und niemand hat sich die Mühe gemacht, es zu restaurieren, weil es wahrscheinlich keinen Pfennig wert war.

Warum dieses Gemälde?

„Nikita?" Dmitri´s Stimme dringt ins Schlafzimmer. „Was machst du hier drin?", fragt er. Er fragt nicht einmal nach Lucy. Vielleicht weiß er es besser, als zu fragen, warum sie hier ist und warum ich sie auf das Gelände zurückgebracht habe.

„Du musst eine Weile auf Lucy aufpassen, im Arbeitszimmer."

„Ich bin nicht ihr Babysitter", sagt er mit einem Blick auf Lucy, „bring sie in den Keller."

Das werde ich nicht tun. Auch wenn es manchmal verlockend ist, Lucy hat es nicht verdient, eingesperrt zu werden. Nicht mehr. „Höchstens zehn Minuten." Ich würde nicht fragen, wenn es nicht wichtig wäre, und Dmitri weiß das. Hoffentlich wird er mir helfen.

Dmitri stößt einen schweren Seufzer und ein leises Röcheln aus. „Lass uns gehen", sagt er und deutet auf die Tür, während er darauf wartet, dass Lucy ihn begleitet.

Sie zögert und blickt von Dmitri zu mir zurück. „Geh mit ihm. Du wirst schon klarkommen."

Ich drehe mich zu dem Gemälde um, und sie zieht sich zurück und folgt Dmitri. Ihre Absätze klacken auf den Holzdielen, je weiter sie sich von Aleksandras Schlafzimmer entfernt.

Als Lucy außer Sichtweite ist, gehe ich auf das Bild zu, nehme es von der Wand und lege es auf die Matratze, um es zu untersuchen. Was könnte Aleksandra mit dem Bild wollen? Es gibt nichts Bemerkenswertes an dem Rahmen oder dem Gemälde. Nicht einmal das Kunstwerk selbst könnte als unbezahlbar gelten.

Es ist unwahrscheinlich, dass Aleksandra etwas damit zu tun hat.

Ich drehe es vorsichtig um und untersuche die Rückseite des Rahmens. Nichts sticht hervor, aber wenn es etwas Wertvolles gäbe, müsste es doch im Inneren versteckt sein. Vielleicht unter dem Gemälde oder im Inneren der Leinwand?

Mikhail wird mich umbringen, wenn ich seine Kunstwerke ohne Grund zerstöre. Die Gemälde, die er beschafft hat, sind nicht billig.

Hat er das Bild gekauft oder war es Mikhails Vater, der es gekauft hat, und Mikhail hat es nach seinem Tod geerbt?

Ich drehe das Bild wieder um, um die Vorderseite genauer zu betrachten.

Meine Finger fahren über den Rahmen. Das Gold ist mit Wirbeln und dekorativen Emblemen verziert, die nicht so recht zu dem Bild passen wollen. Es ist fast so, als ob ein anderes Gemälde das Original gewesen wäre und dieses Bild es ersetzt hätte. Warum sollte jemand so etwas tun?

Ich hole mein Taschenmesser heraus und ziehe die Klinge aus der Scheide.

„Was tust du da?" Mikhails schroffe Stimme lässt mich aufschrecken. Er betritt in den Raum, seine Schritte sind schwer als er sich zügig, nähert.

Er muss gerade vom Arzt zurückgekommen sein.

„Die Italiener haben Lucy geschickt, um ihnen dieses Gemälde zu bringen. Aber ich kann mir nicht vorstellen, wie sie es überbracht hätte." Das Gemälde ist kein bisschen klein oder leicht. „Woher wusstest du, dass ich hier oben bin?", frage ich und werfe einen Blick über meine Schulter zu Mikhail.

„Deine Gefangene trinkt gerade Tee in meinem Esszimmer."

„Ich habe Dmitri mit ihr nach unten geschickt, während ich das Gemälde genauer untersucht habe."

Mikhail deutet auf das Messer in meiner rechten Hand. „Mit diesem?"

„Es gibt nichts Auffälliges an dem Gemälde oder dem Rahmen. Es muss etwas dahinterstecken."

„Und du hattest vor, das Erbstück ohne meine Erlaubnis zu dezimieren?"

Scheiße, ich habe es vermasselt. „Ich wusste nicht, dass es ein Erbstück ist, Sir."

„Das ist es nicht", sagt Mikhail, „aber es hätte eins sein können." Er nimmt mir das Messer aus der

Hand, dreht das Bild um und zerreißt das braune Papier, das die Rückseite der Leinwand bedeckt.

Unter dem zerrissenen Papier liegen ein USB-Stick und ein Briefumschlag. Mikhail nimmt den USB-Stick und steckt ihn in seine Tasche, bevor er den Umschlag öffnet und den Inhalt studiert.

„Es ging nie um das Bild", sagt Mikhail und starrt auf die alten Aktienzertifikate. „Einige davon sind wertlos", murmelt er und blättert sie durch, bis er bei einer Handvoll börsennotierter Unternehmen landet, die heute noch gehandelt werden.

„Ich vermute, dass Aleksandra genau das gesucht hat", sage ich.

„Woher wusste sie von den Zertifikaten und dem USB-Stick?", fragt Mikhail, obwohl die Frage rhetorisch ist. „Folge mir." Er verlässt das Schlafzimmer, geht die Treppe hinunter in sein Büro.

Dmitri streckt seinen Kopf aus dem Arbeitszimmer und wird im Flur auf uns aufmerksam, als wir auf sein Büro zugehen. „Seid ihr fertig?" Seine Augen sind groß und sein Haar ist zerzaust. Kann er Lucy nicht mal für ein paar Minuten in Ruhe lassen?

Aus dem Raum ertönt ein Geplauder. Lucy ist nicht allein. Hannahs Lachen dringt bis in den Flur.

„Fast", sagt Mikhail. „Behalte unseren Gast im Auge."

Ich halte kurz den Atem an und bemerke die Geste erst, als ich ausatme. Lucy scheint nicht unter Druck zu stehen; sie scheint sich mit Hannah zu amüsieren. Ich bezweifle, dass Mikhail es begrüßen wird, wenn ich sie nach den gestrigen Ereignissen unter sein Dach bringe.

Ich folge Mikhail in sein Büro und er schließt die Tür, bevor er sich hinter seinen Schreibtisch setzt. „Ich will wissen, was auf dem USB-Stick ist." Er legt die Seiten mit den Aktienzertifikaten auf seinen Schreibtisch und ignoriert sie einen Moment lang, während er sich auf seinen Computer konzentriert.

Ich traue mich nicht zu fragen, was die Zertifikate wohl wert sind, aber ein Blick auf sie genügt und ich erkenne mehrere börsennotierte Unternehmen. Sie sind zwar wertvoll, aber reicht das aus, um einen Fremden in unser Haus zu schicken, um uns auszurauben?

Lucy wäre auf keinen Fall mit dem Gemälde in der Hand entkommen, es sei denn, sie wollte es abbauen, die Rückwand zerstören und den darin versteckten Inhalt entnehmen, wie Mikhail es getan hatte.

Ich setze mich gegenüber von seinem Schreibtisch. Er schließt den USB-Stick an den USB-Anschluss an und tippt mit den Fingern auf den hölzernen Schreibtisch. „Was weiß Antonio über Lucy?", fragt Mikhail.

„Er hat ihren Sohn bedroht." Ich wollte nicht erwähnen, dass sie ein Kind hat, denn ich glaube nicht, dass Mikhail dem Kind etwas antun würde, aber er schreckt nicht davor zurück, jemanden zu verletzen, der ihn verrät.

Sein Blick verschärft sich. „Was ist ihre Verbindung zu ihnen?"

„Nach dem, was sie mir erzählt hat, klingt es so, als hätte sie sich ungewollt in eine Art Austausch eingemischt.

„Welche Art von Austausch?" Er blickt hinter seinem Computer auf.

„Die Art von Geld", sage ich. „Oder sie wurde hereingelegt", sage ich. Ich hoffe, dass letzteres nicht der Fall ist, aber ich würde es den Morettis zutrauen, vor allem, weil sie etwas von dem Gelände wollten, aber es nicht selbst tun können. Wenn Antonio oder einer seiner Männer versucht hätte das Gemälde zu stehlen, dann hätte es einen totalen Krieg gegeben.

„Du hast erwähnt, dass ihr Kind in Gefahr ist. Wo ist er?" fragt Mikhail. Er tippt auf der Tastatur herum, bevor er sich zurücklehnt und die Arme hinter seinem Kopf verschränkt. „Ich fasse es nicht."

„Was ist los, Sir?", frage ich.

„Kryptowährung, und zwar eine ganze Menge davon. Sie ist über vier Millionen Dollar wert." Mikhail lächelt normalerweise nicht, aber er grinst zufrieden. „Bring deine Freundin hierher."

„Sie ist nicht meine Freundin." Es liegt Bitterkeit in meiner Stimme, wenn er sie als meine bezeichnet. Ich habe nie mit Lucy geschlafen, und sie ist ganz sicher nicht meine Freundin. Wenn sie es wäre, würde ich sie hinter Schloss und Riegel halten, während die Italiener Ärger bereiten.

„Bring sie rein", sagt Mikhail und sein Blick ist unnachgiebig. Sein Kiefer strafft sich, und das schwache Lächeln verschwindet.

„Natürlich, Sir." Ich folge seinen Anweisungen und verlasse sein Büro. Ich öffne die Tür, lasse sie aber einen Spalt offen, während ich den Flur entlang zum Arbeitszimmer gehe.

Lucy sitzt mit Hannah auf dem Sofa. Sie trinken beide eine Tasse Tee, unterhalten sich und lachen, als würden sie sich schon seit Jahren kennen. Ich fühle mich, als würde ich sie stören, aber das ist mir egal.

„Lucy, kommst du mit mir?"

Sie räuspert sich und flüstert mir eine Entschuldigung zu, während sie aufsteht und mich in den Flur begleitet. „Du musst nicht so unhöflich sein."

„Willst du mich hier ernsthaft kritisieren? Genau jetzt?"

Merkt sie denn nicht, dass ich mich für sie eingesetzt und versucht habe, sie vor dem Gefängnis zu bewahren–nachdem ich sie am Tag zuvor bereits kurz verhört hatte?

Sie presst die Lippen aufeinander, sagt aber nichts, als sie mir in Mikhails Büro folgt. Lucy ist klug genug, zu schweigen und zuzuhören, als wir den kleinen Raum betreten. Ich schließe die Tür hinter uns, damit wir drei ungestört sind. Wenn Mikhail mich bittet, zu gehen, wäre das in Ordnung für mich und ich würde mich freuen, wenn ich etwas anderes zu tun bekäme, irgendetwas anderes.

Lucy zu meiner Verantwortung zu machen, bereitet mir Kopfschmerzen. Es ist weniger lästig als ich dachte, auf sie aufzupassen und sicherzustellen, dass sie nicht zu den Italienern rennt.

„Setz dich", sagt Mikhail und deutet mit einer Geste auf das Sofa an der Wand.

Lucy wirft einen Blick in meine Richtung, wahrscheinlich um zu sehen, ob ich dasselbe tue. Ich gehe auf das Sofa zu, setze mich aber nicht. Stattdessen stelle ich mich an die Wand in der Nähe des Sofas, während sie sich in das Leder sinken lässt.

„Nikita hat mir erzählt, dass du einen Sohn hast und er in Gefahr ist", sagt Mikhail. Er kommt hinter dem Schreibtisch hervor, schnappt sich den Stuhl, auf dem ich vorhin saß, dreht ihn um und setzt sich ihr gegenüber.

Ihre grünen Augen weiten sich und sie blickt von mir zu dem Pakhan. „Ich weiß."

„Und sein Vater? Wo ist er?" fragt Mikhail.

Worauf will er mit dieser Frage hinaus? Denkt er, dass der Vater des Jungen zur italienischen Mafia gehören könnte? Daran habe ich nicht gedacht; ich bin mir nicht sicher, warum nicht. Lucy hat nie einen Ehepartner oder eine Lebensgefährtin erwähnt. Noch nicht einmal einen Freund oder den Vater des Kindes, um genau zu sein. Und ich hatte mich auch nicht darum gekümmert, sie zu fragen.

„Nicht mehr auf dem Schirm."

„Bist du sicher?", fragt Mikhail und lehnt sich vor, die Hände ineinander verschränkt. „Es ist möglich, dass er mit Antonio und seinen Männern zu tun hat."

„Ich kann dir versichern, dass das nicht der Fall ist, denn mein Sohn ist das Ergebnis einer Samenspende von einer Samenbank."

„Ich verstehe", sagt Mikhail.

Meine Hand bedeckt meinen Mund, während ich so tue, als würde ich mir über den Kiefer streichen, denn der Schock steht mir ins Gesicht geschrieben. Das war nicht die Antwort, die ich von Lucy erwartet hatte. Ich bin mir nicht sicher, was ich erwartet habe. Wir haben nicht über ihr Kind gesprochen. Er ist wahrscheinlich ein Tabuthema, und das ist auch gut so.

„Wo ist er jetzt, dein Sohn?", fragt Mikhail.

„Er ist sicher bei meiner Schwester", antwortet sie.

Mikhail blickt in meine Richtung und will wissen, wo sie sich sicher fühlt. Es gibt keinen Ort, an dem man sich vor der Unterwelt verstecken kann. „Sie sind in Chicago. Ich glaube nicht, dass sie hinter dem Jungen her sind, solange Antonio glaubt, dass er das Gemälde zurückholen kann."

„Und was passiert, wenn ich es nicht abliefere?", fragt Lucy. Ihre Augen weiten sich und sie knabbert an ihrer Unterlippe.

„Wo sollst du die Lieferung übergeben?" fragt Mikhail.

Er kann nicht auf die Idee kommen, das zu übergeben, was die Mafia will. Das passt nicht zu ihm, vor allem, wenn man den Wert bedenkt.

Ihre Stimme zittert. „Heute Abend, in meinem Motel." Sie zieht die Lippen zusammen und die Stirn in Falten, als sie von Mikhail zu mir blickt. „Sie werden meinen Sohn und mich töten, wenn ich ihnen nicht das liefere, was sie wollen."

„Und was glaubst du, was sie wollen?" fragt Mikhail. Er mustert sie von oben bis unten, liest ihre Mimik und Körpersprache. Er ist geübt in Verhöre, das gehört zu seinem Job.

Lucy öffnet den Mund; ihre rubinroten Lippen öffnen sich und ein kleiner Atemzug entweicht, während sie auf den Schreibtisch blickt. Die Urkunden liegen mit der Vorderseite nach unten, aber ich vermute, sie weiß, was sie in diesem Raum sucht. „Das Gemälde."

Warum hatte Mikhail die Aktienzertifikate nicht weggelegt?

Wollte er sehen, ob Lucy eine Ahnung vom Inhalt des Gemäldes hatte?

„Ja, wir haben das Gemälde gesehen. Ich kann mir nicht vorstellen, dass du dieses Monstrum unbeschädigt über den Zaun getragen hättest."

„Es geht darum, was in dem Gemälde ist", flüstert Lucy.

„Und was könnte das sein?", frage ich und trete näher heran. „Was glaubst du, was sich in einem Gemälde befindet?"

„Nur das, was ich den großen italienischen Mann sagen hörte. Er sagte, es enthalte etwas Wertvolles."

Mikhail stößt einen Seufzer aus und fährt sich mit der Hand durch die Haare. „Du wirst sie zum Motel begleiten", sagt er und sieht mich an.

Ich bezweifle zwar nicht, dass ich mit Lucy und einer Handvoll von Antonios Männern fertig werde, aber wenn sie auch nur eine Ahnung davon haben, was der Inhalt des Gemäldes wert ist, werden sie den Austausch nicht von ein paar niederen Angestellten erledigen lassen. Es wird genug bewaffnete Männer geben, die auf sie zielen, wenn es schiefgeht. „Und was ist mit der Verstärkung?"

„Du brauchst dir keine Sorgen zu machen", sagt Mikhail. Er ist vorsichtig, wenn es darum geht, in der Gegenwart von Lucy etwas zu sagen. Ich kann es ihm nicht verdenken. Sie behielt die Tatsache für sich, dass es ihr nicht um das Gemälde ging, sondern um die vier Millionen Dollar darin. Er schnappt sich die Aktienzertifikate vom Schreibtisch und nickt mir zu, damit ich ihn in den Flur begleiten kann. Der USB-Stick ist nirgends zu sehen und ich nehme an, dass er in seiner Manteltasche ist.

Ich schließe die Tür, begleite Mikhail in den Flur und lasse Lucy allein auf dem Sofa zurück.

„Ich will sie nicht aus den Augen lassen. Es wird wahrscheinlich ein Blutbad geben, wenn die Italiener merken, dass sie keine vier Millionen Dollar aushändigt."

„Du schlägst doch nicht vor, dass wir sie ins Motel bringen?"

„Was hast du mit ihr vor?" ‚fragt Mikhail. „Dmitri kann nicht die ganze Nacht auf sie aufpassen. Ich werde ihn mit Luka zum Motel schicken, damit er dir den Rücken freihält."

„Sie kann hier bei Hannah und Madisyn bleiben", sage ich. „Madisyn war früher FBI-Agentin. Ich bin sicher, dass sie ein Auge auf Lucy haben kann."

„Du schlägst vor, dass meine Frau auf deine Freundin aufpasst."

Ich presse meine Lippen zusammen und unterlasse es, zu sagen, dass sie nicht meine Freundin ist.

„Nein, Sir. Ich schlage vor, dass Lucy bei uns bleibt, um sie zu beschützen."

„Für wie lange?" Mikhail fragt.

Ich bin mir nicht sicher, ob ihm meine Antwort gefallen wird, aber ich sage sie trotzdem. „Auf unbestimmte Zeit. Wenn die Mafia Lucy nicht in Ruhe lassen will, wird sie ein Ziel für sie sein."

„Warum du dich um dieses Mädchen sorgst, ist mir unbegreiflich. Wenn das alles vorbei ist, fliegst du nach Chicago und bringst ihren Sohn zurück. Wir werden uns wieder unterhalten." Mikhail geht zurück in sein Büro und überlässt es mir, Dmitri und Luka mitzuteilen, dass sie mir dabei helfen werden, die Mafia auszuschalten—und das alles für ein Mädchen.

Er schließt seine Bürotür, wobei das Milchglas es unmöglich macht, durch die Tür hineinzusehen. Ich finde Dmitri und Luka und informiere sie über den Auftrag, bevor wir Waffen und Munition aus der Waffenkammer holen.

Es wird eine lange Nacht werden und ich erwarte nicht, dass die Mafia uns schont. Nein, sie werden davon ausgehen, dass wir voll bewaffnet kommen. Antonio wusste, dass ich Lucy verfolge, und jetzt wissen sie noch nicht, auf welcher Seite sie steht. Ich bin mir nicht sicher, ob ich überhaupt überzeugt bin.

SIEBEN

Lucy

Der Chef, Mikhail, geht in sein Büro und lässt uns beide allein. Während ich auf seinem Ledersofa sitze, fummle ich mit meinen Händen herum. Es ist schön, plüschig, aber ich fühle mich kein bisschen wohl, hauptsächlich nicht unter seinen Blicken.

„Nikita und meine Männer werden sich um die Italiener kümmern. Du bleibst hier, bis sie zurückkommen."

Es gibt keinen anderen Ort, an den ich gehen kann, außer Chicago. Aber ich werde meinen Sohn nicht in ein Massaker hineinziehen. Ich habe ihn mit seiner Tante weggeschickt, damit er in Sicherheit ist.

„Darf ich das Gelände verlassen, um mein Handy zu holen?", frage ich. Ich habe eine Handvoll meiner Habseligkeiten im Auto liegen, das in der Nähe des Anwesens steht.

„Gib mir deine Schlüssel, dann hole ich deine Sachen", sagt Mikhail.

Ich stecke meine Hand in die Tasche und übergebe meinen Schlüsselbund mit den kleinen rosa Fuzzy-Handschellen, die daran befestigt sind. Es war lustiger, als meine Schwester Katie ihn mir geschenkt hat. Im Moment kommt es mir höchst unpassend vor.

Er räuspert sich, kommentiert aber weder den Schlüsselbund noch etwas anderes. Mikhail geht auf die Tür zu.

„Musst du nicht wissen, welches Auto mir gehört?", frage ich.

„Du hast draußen geparkt, dunkelblaue Limousine, Rost an der Stoßstange und ein Kratzer am Rücklicht?"

Woher weiß er das? „Ja", flüstere ich. Ich bin praktisch sprachlos. Was weiß er noch über mich?

„Bleib hier." Mikhail verlässt das Büro und schließt die Tür. Er fummelt einen Moment daran herum und ich vermute, dass er mich eingeschlossen hat.

Ich sehe, wie seine Gestalt durch die Milchglasscheibe verschwindet, während er sich weiter vom Büro wegbewegt.

Allein.

Ich schaue mich in dem kleinen Raum um. Dafür, dass das Haus so groß ist, ist sein Büro ziemlich bescheiden. Ist da noch mehr hinter einem Bücherregal oder einem Schrank versteckt? Wahrscheinlich habe ich meine Nase in ein Buch zu viel gesteckt.

Ich stehe auf und werfe einen Blick auf die nächstgelegene Wand. Da ist nichts Ungewöhnliches zu sehen. Die Wand ist in einem sanften Blauton gestrichen. Sie wirkt beruhigend.

War das beabsichtigt?

Ich bin ruhig und methodisch, als ich mich in seinem Büro umsehe und einen Blick in den kleinen Raum werfe. Es gibt keine Anzeichen von Kameras oder Videoüberwachung. Innerhalb des Gebäudes habe ich allerdings auch nicht viel bemerkt. Außerhalb des Grundstücks ist das etwas anderes.

Die Bratva denkt, dass ich ihnen gehöre und sie mich zwingen können, zu tun, was sie wollen. Ich werde nicht für Nikita oder seinen Chef arbeiten. Es muss einen anderen Weg nach draußen geben.

Ich scanne den Raum und meine Finger streifen über die Wände, das kleine Bücherregal, das an die Wand gepresst ist, und den Aktenschrank daneben. Das Bücherregal ist neu im Vergleich zu den restlichen Möbeln, die mit einer leichten Staubschicht bedeckt sind, abgesehen von dem Schreibtisch.

Mikhail muss oft an seinem Schreibtisch sitzen. Das Holz an der Oberseite weist leichte Gebrauchsspuren auf. Dellen an der Seite, das Holz hat Unebenheiten.

Draußen vor dem Zimmer bewegt sich etwas, und ich eile zu meinem Platz zurück, aber es ist zu spät. Mikhail öffnet die Tür und starrt mich an. „Suchst du etwas?", fragt er.

Er ist direkt, ein wenig schroff. Obwohl er mich noch nicht angerührt hat, habe ich Angst vor ihm. Er ist stark und groß, und der kalte Blick seiner Augen jagt mir einen Schauer über den Rücken.

„Nein, Sir."

Er reicht mir das Handy, was ich zusammen mit meinen Schlüsseln in meinem Auto zurückgelassen hatte. „Du bist ziemlich beliebt", sagt er.

Ich werfe einen Blick auf das halbe Dutzend verpasster Anrufe. Vier sind von meiner Schwester; die anderen beiden sind eine unbekannte Nummer. Wahrscheinlich schickt mir die italienische Mafia Morddrohungen, wenn ich meinen Teil der Abmachung nicht einhalte.

„Ich gehe schon mal vor und du hörst deine Nachrichten ab. Ich bin vor dem Büro", sagt Mikhail. Er verlässt den Raum und lässt mir einen Hauch von Privatsphäre.

Ich höre meine Sprachnachrichten ab. Katies Stimme zittert und es ist ein Hauch von Angst zu hören, als sie sagt, dass jemand sie verfolgen könnte. Sie ist paranoid, das ist wahrscheinlich alles, was es ist. Meine Schwester hat eine blühende Fantasie, das bringt ihr Job mit sich. Das Mädchen ist kreativ, und dieser Funke schließt gelegentlich eine Prise Verrücktheit ein.

Die einzigen Nachrichten, die sie hinterlassen hat, stammen von Katie, und die letzte klingt verzweifelt. „Lucy, jemand hat vor dem Haus geparkt. Sie sitzen in ihrem Auto und beobachten uns. Ich werde die Polizei anrufen, aber ich habe Angst."

Das ist die letzte Nachricht von ihr. Es gibt keine SMS und keine weiteren Anrufe von Katie. Eine Handvoll Anrufe von derselben unbekannten Nummer zwischen ihren früheren Anrufen und danach. Sie haben alle eine Vorwahl aus New York.

Ich wähle Katie an, aber sie geht nicht ans Telefon. Es geht direkt die Mailbox an. Ich öffne eine App auf meinem Handy, mit der ich ihren Standort sehen kann. Normalerweise ist er sichtbar. Sie ist ausgeschaltet.

Ich kann nicht einfach herumsitzen und mich fragen, was mit Katie und Zion passiert ist.

Ich greife nach dem Türgriff und mache die Tür auf, und eile an Mikhail vorbei in den Flur. „Wo willst du hin?", fragt er.

„Ich muss los." Ich mache mir nicht die Mühe, es zu erklären. Ich habe meine Autoschlüssel und werde versuchen, den schnellstmöglichen Flug nach Chicago zu bekommen. Mit dem Auto werde ich die ganze Nacht brauchen. Wenn ich Glück habe, bin ich schneller da, wenn ich fliege.

„Wohin?" Mikhail ist schroff und kein bisschen entschuldigend in seinem Tonfall und Verhalten. Er ist es wahrscheinlich nicht gewohnt, dass jemand seine Befehle nicht befolgt. Ich gehöre nicht zu seinen Männern.

„Meine Schwester ist in Gefahr; sie sind hinter meinem Sohn her." Das ist das Einzige, was einen Sinn ergibt.

„Die Italiener?"fragt Mikhail. Er zieht die Stirn in Falten und streicht sich über den Kiefer.

Ich warte nicht darauf, dass er ein weiteres Wort sagt oder mich davon überzeugt, dass es zu gefährlich ist. Ich eile nach draußen und laufe zum Haupteingangstor zu meinem Fahrzeug auf der Straße.

„Lasst sie durch", ruft Mikhail einem der Wachleute zu.

Der Wachmann öffnet das Tor. Es ist langsam und knarrt, und ich warte nicht, bis es ganz oben ist, bevor ich hindurch sprinte und zu meinem Auto eile. Ich springe hinein, starte den Motor und gebe Gas.

Ich werfe mein Handy auf den Sitz neben mir und versuche, per Sprachbefehl die Fluggesellschaft anzurufen und den nächsten Flug nach Chicago zu buchen. Es ist hilfreich, dass es zwei große Flughäfen gibt, die ich anfliegen kann. Als ich auf den Parkplatz des Flughafens fahre, tippe ich die Ziffern meiner Kreditkarte ein, die ich mir gemerkt habe, und eile zum Check-in-Kiosk, um mein Ticket abzuholen.

Mein Herz hämmert gegen meine Brust, und ich eile durch die TSA, um meinen Flug zu erreichen. Das Flugzeug hat Verspätung. Eigentlich sollte ich erleichtert sein, aber stattdessen ist mein Magen flau.

Katie und Zion sind in jeder Sekunde, in der ich in diesem blöden Flughafen festsitze, in Gefahr. Ich will ihnen helfen, mich vergewissern, dass es ihnen gut geht.

Ich weiß nicht einmal, was ich tun werde, wenn ich in Chicago ankomme. Wie kann ich ihnen helfen? Ich schlucke meine Zweifel hinunter und stelle mich mit allen anderen in einer Reihe an, um das Flugzeug zu betreten, während die Flugbegleiter und der Pilot zuerst einsteigen.

Es dauert nicht mehr lange, bis ich dort bin, ein paar Stunden, und hoffentlich ist alles in Ordnung.

Auf dem ganzen Flug ist mir übel, und das liegt nicht nur an den Turbulenzen oder daran, dass ich zwischen zwei Menschen auf einem Mittelsitz eingepfercht bin.

Allein der Gedanke an all die schrecklichen Dinge, die die Mafia meinem Sohn oder meiner Schwester antun könnte, beunruhigt mich. Meine Füße stemmen sich auf den Boden. Mich überkommt eine unbändige Energie, die von Sorgen angeheizt wird. Es ist eine schreckliche Kombination, die meinen Magen aufgewühlt und meine Hände zittern lässt.

Ich will einfach nicht krank werden.

Schließlich landet der Flug und meine Füße sind immer noch unsicher, als ich durch das Terminal eile. Ich versuche, Katie anzurufen, aber sie geht immer noch nicht ans Telefon. Kaum bin ich draußen, es ist dunkel und für den Frühling kühl. Es fühlt sich wie Schnee an.

Ich ziehe meine Jacke fester um mich und gehe zum Taxistand, um eine Fahrt zum Haus meiner Schwester zu buchen.

„Lucy, komm mit mir." Sein Atem kitzelt mein Ohr und jagt mir einen Schauer über den Rücken. Er hält mir die Waffe in den Rücken obwohl ich mich noch nicht umgedreht habe, um zu sehen, wer es ist, erkenne ich den Akzent.

Er gehört zu den Männern, die meinen Sohn bedroht haben. Er ist einer der Italiener, ein Mitglied der Mafia.

„Was machst du da?", frage ich.

„Sei still! Du stellst hier nicht die Fragen." Er packt mich am Arm und zieht mich gewaltsam von den Taxis und Passanten weg, die auf ihre Mitfahrgelegenheiten warten. Er geht zügig, fast wie ein Jogger, aber ich bin mir nicht sicher, warum.

Seine Waffe ist gegen meinen Brustkorb gepresst, mit seine Jacke verdeckt er die Waffe, aber ich weiß genau, dass er abdrückt, wenn ich um Hilfe schreie.

Und wenn ich tot bin, wer wird dann meinen kleinen Jungen und meine Schwester beschützen?

„Wo bringst du mich hin?"

„Was habe ich zu den Fragen gesagt?" Er ist grob und begleitet mich zu seinem Fahrzeug, einem schwarzen SUV mit getönten Scheiben. Er schiebt mich auf den Rücksitz und knallt die Tür hinter mir zu. Im Fahrzeug sind nur wir beide. Ich könnte ihn außer Gefecht setzen, aber wenn er etwas mit Zion und Katie gemacht hat, wird er mich vielleicht zu ihnen bringen.

Ich setze mich gerade auf den Rücksitz des Geländewagens. Er hatte vergessen, mich zu filzen, ob ich eine Waffe bei mir trage. Ich bin gerade aus einem Flugzeug gestiegen und habe kein Gepäck dabei - nur mein Handy.

Vorsichtig ziehe ich es aus meiner Tasche, damit er es nicht bemerkt. Ich habe die Telefonnummer von Nikita nicht. Wir sind keine Freunde, aber im Moment ist er der einzige Mensch, der mir aus dieser Situation helfen kann. Er ist etwas unheimlich, aber nicht mit den Italienern befreundet, also ist er die perfekte Person, um mir zu helfen.

Nur weiß ich nicht, wie ich ihn oder einen seiner Männer erreichen kann.

„Augen nach vorn!", schreit mich der Italiener an.

Ich verdrehe die Augen, lasse mich auf dem Rücksitz nieder und starre geradeaus. Ich würde lieber mit Nikita zusammen sein als mit diesem Idioten.

Für ein angebliches Monster scheint Nikita gar nicht so schlecht zu sein. Aber ich habe nur einen Tag mit dem Mann verbracht. Ich habe noch nicht alle Seiten von ihm gesehen.

„Wo bringst du mich hin?"

Er wirft einen Blick in den Rückspiegel, seine Augen sind kalt und distanziert. Es kommt keine Antwort über seine Lippen. Seine Aufmerksamkeit ist wieder auf die Straße gerichtet.

Ich schaue aus dem Fenster. Draußen ist es dunkel. Ich kenne mich in der Stadt nicht besonders gut aus, aber wir fahren auf dem Highway Richtung Süden. Ich kann nicht einfach die Hintertür öffnen und aus dem Geländewagen springen, vorausgesetzt, die Türen sind nicht mit einer Kindersicherung versehen. Ich bin mir sicher, dass es keinen so einfachen Ausweg gibt.

„Woher wusstest du, wo du mich findest?", frage ich.

„Genug mit den Fragen! Sei still!", schreit er.

Ich irritiere ihn. Gut so.

„Ich habe das Bild nicht", sage ich und stelle das Offensichtliche fest. „Ich konnte es nicht durch die Sicherheitskontrolle bringen."

Er antwortet nicht. Er ignoriert mich, und vielleicht ist das auch besser so. Ich hasse Small Talk mit bösen Jungs. Ich verschränke meine Arme vor der Brust. Wir rasen an vielen Autos vorbei. Er ist nicht im Geringsten darauf bedacht, angehalten zu werden. Wenn ich Glück habe, hält ihn ein Polizist wegen einer Geschwindigkeitsübertretung an.

Andererseits scheint der Mann nicht der Typ zu sein, der für einen Polizisten anhält.

Er wirft wieder einen Blick in den Rückspiegel. Als er mich einen Moment länger als nötig anstarrt, hält er mir seine Hand hin. „Gib mir dein Handy."

„Was? Auf keinen Fall."

„Willst du, dass ich anhalte und es mir hole?"

Ich schiebe meine Hand mit meinem Handy vor. Er schnappt es sich, kurbelt das Fenster herunter und wirft es nach draußen.

„Was zum Teufel sollte das?"schreie ich. Ich hatte Fotos von Zion auf meinem Handy und Videos von ihm, als er aufwuchs.

„Ich will nicht, dass dein Freund uns folgt."

Freund. Von wem redet er?

Er muss die Verwirrung in meinem Gesicht sehen, als er in den Rückspiegel blickt, bevor er das Gaspedal durchdrückt. „Nikita Krylova. Er war letzte Nacht in deinem Motel."

Ich öffne den Mund, um einzuwenden, dass das nicht so ist, aber das geht ihn ja nichts an.

„Hast du den Sturm genossen?", frage ich. Wenn er sich auf dem Parkplatz herumgetrieben hat, hat Nikita ihn dann gesehen? Vielleicht haben sie das Haus überwacht und von draußen zugesehen. Ich will nicht daran denken, dass sie mein Hotelzimmer beobachten. Mir stehen die Haare auf den Armen zu Berge.

„Das ist nicht das Einzige, was ich genossen habe", kichert er.

Es ist unmöglich, dass er das Motel im Auge hatte. Zwischen Nikita und mir ist nichts passiert. Ein großes, fettes nichts. Eigentlich sollte ich mich darüber freuen, aber ich weiß nicht genau, warum ich es nicht tue.

Nikita weiß wahrscheinlich nicht einmal, dass ich eine Frau bin. Er schenkt mir kaum Aufmerksamkeit, außer um mich zu züchtigen und auszufragen. Nun, das ist nicht wichtig. Wenn ich hier lebend rauskomme, muss ich ihn nicht unbedingt wiedersehen.

Ich werde nicht für ihn arbeiten. Ich weigere mich, umsonst zu arbeiten oder eine dumme Schuld zu begleichen, von der er glaubt, dass ich sie habe.

Er rast über vier Fahrspuren, als wir die nächste Ausfahrt nehmen, die auf einen anderen Highway führt. Die Stadt liegt hinter uns und rückt immer weiter in die Ferne. Er ist kein vorsichtiger Fahrer und ich wundere mich, dass er noch nicht von einem halben Dutzend Autos angehupt wurde, weil er so rücksichtslos die Spur gewechselt hat.

Wir nehmen die Ausfahrt und er muss stark bremsen, um nicht in die Betonbarriere zu krachen. Ich schaukle auf dem Rücksitz herum und halte mich an der Sitzkante fest, damit ich nicht durch das Fahrzeug fliege.

Ich greife nach dem Sicherheitsgurt und ziehe ihn über meinen Schoß. So werde ich nicht sterben, nicht so lange ich etwas zu sagen habe.

Ich mache mir nicht die Mühe zu fragen, wie lange die Fahrt noch dauert; ich bezweifle, dass er es mir sagen würde.

Wir fahren fast zwei Stunden, bevor wir den Highway verlassen. Die Straßen sind dunkel, die Gegend ist trostlos. Wo zum Teufel bringt er mich hin?

Er hält vor einem Haus an, das auf einem mehreren Hektar großen Grundstück steht. Kilometerweit ist nichts als Ackerland zu sehen. Er stellt den Motor ab, steigt aus, hält die Waffe in der Hand und öffnet die Hintertür.

„Raus", bellt er.

„Willst du mich umbringen?", frage ich. Es scheint eine lange Fahrt zu sein, hierherzukommen um mich zu töten. Aber vielleicht hat er den Befehl, sich nicht dabei erwischen zu lassen, wenn er meine Leiche entsorgt. Ich klettere durch die offene Tür hinaus.

„Du redest zu viel." Er packt mich am Arm und führt mich mit Gewalt in das Bauernhaus.

„Du kennst meine Schwester wohl noch nicht", sage ich und ziehe eine Grimasse. Ich hoffe, dass er sie noch nicht kennengelernt hat.

Er schließt die Haustür auf. Das Licht ist ausgeschaltet, aber Kerzen erhellen das Innere. „Geh rein." Er schubst mich ins Haus und schließt die Tür zu und verriegelt sie. Seine Waffe ist immer noch in seiner Hand. Hat er vor, mich mit der Waffe zu bedrohen oder mich zu töten?

„Mama!" Zion rennt mir direkt in die Arme.

Ich beuge mich hinunter, ziehe ihn in meine Umarmung und beschütze meinen Jungen.

„Es ist okay", sagt Katie. Sie kommt um die Ecke, nachdem sie in einem anderen Raum gewesen ist.

Ich packe Zion, hebe ihn in meine Arme, halte ihn von dem Mann mit der Waffe fern und gehe zügig auf Katie zu. Wie kann sie in diesem Moment nur so verdammt ruhig sein?

„Nichts ist in Ordnung", murmle ich.

„Du kannst ihm vertrauen", sagt Katie.

„Der Typ, der mit seiner Waffe herumfuchtelt und mich in sein Fahrzeug zwingt?" Hat meine Schwester ihren Verstand verloren?

Katie starrt ihn an. „Du hast sie mit einer Waffe bedroht?"

Er räuspert sich. „Ich hatte wohl kaum eine andere Wahl. Die Italiener sind uns gefolgt. Ich konnte nicht sicher sein, dass sie nicht einen Peilsender oder ein Abhörgerät an ihr angebracht haben. Schlimmstenfalls denken sie, ich gehöre zur Mafia in New York und haben sie gefangen genommen."

Sein Akzent verschwindet und er hat einen typischen Midwestern-Akzent. Der Bastard hat mich hereingelegt. „Was zum Teufel ist hier los?"

„Declan, das ist Lucy", sagt Katie und stellt uns vor, als wären sie Freunde.

Der Name kommt mir irgendwie bekannt vor, aber ich bin sicher, dass das nur ein Zufall ist. „Katies kleine Schwester", sagt Declan und grinst verschmitzt. „Du hast als Kind immer zu ihr aufgeschaut."

Ich trete fassungslos einen Schritt zurück. Das ist derselbe Declan, mit dem wir zur Schule gegangen sind, als wir noch in Breckenridge lebten. Seit Tante Maggie gestorben ist, hatte ich nicht mehr an zu Hause gedacht. Ich hatte ihre Beerdigung verpasst, nicht weil ich es nicht wollte, aber Zion war krank und hatte Fieber.

Ich hätte ihn nie wiedererkannt, war aber auch nie mit ihm zusammen. Declan und Katie waren unzertrennlich. Ich, war nur die kleine Schwester.

„Was machst du denn hier?" Und seit wann ist er so ein Idiot? Ich bin immer noch sauer, weil er mich mit einer Waffe bedroht und mich mit seinem beschissenen italienischen Akzent praktisch auf den Rücksitz seines Wagens geworfen hat.

Es war kein schlechter Akzent. Ich bin nur wütend, dass er mit mir gespielt hat. Er war schon immer ein Witzbold und es macht den Anschein, als wäre er nie erwachsen geworden. Warum zum Teufel hat Katie ihn um Hilfe gebeten?

„Katie und ich sind seit der Beerdigung in Kontakt", sagt Declan.

Ich starre Katie mit meinem Blick an. Wann hatte sie vor, mir zu sagen, dass sie sich mit ihrem Ex getroffen hat? Sie waren auf der Highschool ein Paar, praktisch unzertrennlich, bis eines Tages etwas passierte, das alles veränderte. Katie hat mir nie den Grund gesagt, nur dass es vorbei war.

„Du hast mir nicht gesagt, dass du ihn gesehen hast." Ich kann nicht glauben, dass Katie so etwas vor mir verheimlicht! Ich war in meinem jüngsten Mafia-Drama nicht gerade gesprächig, aber ich musste sie und meinen Sohn beschützen. Sie weiß ganz genug, dass wir in Gefahr sind.

„Wir wollen die Wiedervereinigung nicht zerstören", sagt Declan. Er scheint Katie zu beschützen. „Wir wurden am Flughafen und auf dem Highway, fast die Hälfte der Fahrt verfolgt."

Meine Hände zittern und ich klammere mich fester an Zion, weil ich ihn vor all dem schützen will. „Verfolgt von wem?", frage ich.

Er holt sein Handy heraus und zeigt mir eine Handvoll Fotos, die er geschossen hat, während ich zum Taxistand eilte. „Du hast mich beobachtet?"

„Ich musste die Überwachung übernehmen und dich beschützen", sagt Declan.

„Ich brauche deinen Schutz nicht." Ich mustere ihn von Kopf bis Fuß. Er ist nicht klein, gut gebaut und sieht gut aus, wahrscheinlich treibt er Sport.. Ich kann verstehen, dass Katie sich zu ihm hingezogen fühlt, aber er ist nicht mein Typ. Und selbst wenn er es wäre, würde ich nicht zulassen, dass sich ein Mann zwischen meine Schwester und mich stellt.

Declan schnappt sich einen Metallstab. Er ist nur etwa fünfzehn Zentimeter lang und dünn, als er ihn um meinen Körper führt und an meiner Tasche anhält, als er piept.

„Durchsuchst du mich nach einer Waffe?", frage ich. „Ich habe keine, schon vergessen? Ich komme gerade vom Flughafen."

Der Metallstab piept ausgiebig an meiner Hosentasche und er zieht die Stirn in Falten. „Tut mir leid für das Theater vorhin, aber wie ich vermutet habe, hat jemand eine Wanze platziert."

„Wie bitte?"

„Was ist in deiner Tasche?" fragt Declan.

Ich ziehe meine Schlüssel und den dazugehörigen Schlüsselbund heraus.

Er reißt ihn mir aus der Hand und untersucht ihn. „Sieht aus wie ein Peilsender", sagt er. „Ich sehe keine Abhörgeräte oder Überwachungsanlagen."

Er fummelt an dem Schlüsselring herum und zeigt mir einen winzigen Punkt, der nicht größer ist als ein Bleistiftfleck. „Wir haben Störsender in der Umgebung."

„Wer sollte mich aufspüren?" Die einzigen, die Zugang zu meinen Schlüsseln hatten, waren Nikita und Mikhail. Hatte einer von ihnen den Peilsender platziert?

„Die Mafia?", fragt Katie. „Du hast gesagt, sie beobachten dich und zwingen dich, etwas von bösen Männern zu stehlen."

„Die Bratva", flüstere ich. „Nikita oder Mikhail müssen den Peilsender platziert haben. Nikita weiß, wo ich bin." Selbst wenn Declan das Signal stören kann, könnte Nikita ihm bis zum letzten Ort, dem Bauernhaus, oder ganz in der Nähe gefolgt sein.

Declans Augen weiten sich, und er fährt sich mit der Hand durch die Haare. „Du hast die russische Bratva bestohlen?" In seinem Tonfall liegt ein Hauch von Sorge, seine Augen weiten sich und er atmet schwer aus.

„Ich habe es versucht, aber ich wurde erwischt. Außerdem ist die Bratva im Moment nicht mein größtes Problem. Es sind die Italiener. Sie bedrohen meine Familie."

„Ja, das kann ich bestätigen. Die Familie Moretti in New York muss einen Gefallen bei der Familie Rinaldi in Chicago eingefordert haben. Ich habe Francesco und Giovan am Flughafen gesehen, aber es könnten auch noch andere gewesen sein."

„Und du bist dir sicher, dass sie uns nicht gefolgt sind?" ‚frage ich.

„Ich weiß, wie man ein Fahrzeug abhängen kann, das einem folgt. Damit verdiene ich meinen Lebensunterhalt, also mit Sicherheitsarbeit."

„Du bist ein Bodyguard?", frage ich und werfe einen Blick auf Katie. Hat sie ihn hierher gerufen, um ihn anzuheuern, oder weil zwischen den beiden etwas läuft?

„Das ist ein Job, den ich für Eagle Tactical mache", sagt Declan. „Genug von mir. Was wollen die Italiener? Was sollst du stehlen?"

Ich traue Declan nicht. Er hat vielleicht versucht, mein Leben zu retten und mich in Sicherheit zu bringen, aber er hat sich mir gegenüber nicht bewährt, zumindest noch nicht.

„Ein Gemälde", sage ich. „Aber das spielt keine Rolle. Die Russen wissen von dem Raub und treffen sich mit den Italienern, um die Sache zu regeln. Ich sollte das Gemälde heute Abend an die Italiener übergeben."

„Und als du zum Flughafen gefahren bist, haben sie es bemerkt", sagt Declan.

„Wie denn? Ich war bei den Russen im Haus, als ich zum Flughafen abgehauen bin."

„Vielleicht haben die Russen es ihnen gesagt?" Declan zuckt mit den Schultern und wirft einen Blick auf Zion, der seinen Kopf auf meine Schulter legt und sich in meinen Armen zusammenrollt. „Es ist spät für den Kleinen."

„Ich sollte ihn ins Bett bringen", sage ich. Es ist schon lange nach seiner Schlafenszeit.

„Ich zeige dir sein Zimmer", sagt Katie und führt mich durch den Flur und die Treppe hinauf.

Ich bringe Zion ins Bett und schließe leise die Tür. Katie steht im Flur und wartet auf mich. „Ich bin froh, dass es dir gut geht." Sie zieht mich in eine feste Umarmung.

„Ich? Ich habe mir Sorgen um dich gemacht. Ich habe deine Nachrichten bekommen, aber ich konnte dich nicht erreichen, und als ich versucht habe, dich zurückzurufen und deine Adresse anzupingen, warst du nicht auf der Karte."

„Ich weiß", sagt Katie. „Das war der Punkt. Niemand sollte uns hier draußen finden, außer vielleicht deine Freunde von der Bratva. Ich wünschte, Declan hätte dich am Flughafen besser durchsuchen können."

„Ich dachte, er wäre bei der Mafia!" Ich gehe die Treppe hinunter, um Zion nicht zu wecken, und Katie ist direkt neben mir.

„Das war nicht Teil des Plans. Declan kann ein wenig unkonventionell sein, aber du kannst ihm vertrauen. Ich verspreche dir, ich hätte ihn nicht kontaktiert, wenn ich nicht glauben würde, dass er uns helfen kann."

„Selbst ,wenn er uns helfen kann, wird Nikita mich nicht einfach gehen lassen."

„Wie kommst du darauf?" fragt Declan, der das Ende unseres Gesprächs auf der Treppe mitbekommen hat.

Kennt er Nikita? „Ich stehe in der Schuld der Mafia und der Bratva. Nikita hat mich beschützt. Zumindest glaube ich, dass er deshalb letzte Nacht vor meinem Motelzimmer stand. Es könnte auch daran liegen, dass er mir nicht traut."

„Er war vor deinem Motelzimmer?", fragt Katie mit großen Augen und schaut Declan an. Es ist, als würden sie sich stumm unterhalten, aber ich bekomme nicht mit, was ihr Blick aussagt.

„Was?", frage ich, ohne es zu verstehen. „Zwischen Nikita und mir läuft nichts." Wenn sie damit andeuten wollen, dass ich mit einem Mitglied der Bratva schlafe, ist Katie so weit weg, dass sie genauso gut in der Arktis sein könnte.

„Du sprichst ihn ständig an", sagt Katie.

Mir war gar nicht bewusst, dass ich so viel über Nikita gesprochen habe. „Er ist einfach unausstehlich, wenn man mit ihm zusammen ist. Er erwartet von mir, dass ich in seinem Club arbeite. Ich schulde ihm etwas, da ich seinen blöden Hausschlüssel gestohlen habe."

„In seinem Club arbeiten?" Declan wiederholt, „das scheint absurd für einen gestohlenen Schlüssel."

„Vielleicht bin ich auch bei einem Einbruch erwischt worden." Obwohl ich eigentlich nicht einbrechen konnte, es sei denn, das Überspringen des Zauns zählt auch. Wenn das so ist, bin ich schuldig. „Sein Chef erwartet, dass er für die neuen Schlösser und die zusätzlichen Sicherheitsmaßnahmen bezahlt. Er will, dass ich die Rechnung bezahle."

„Und wie viel ist das genau?", fragt Declan. Seine Hände ballen sich an der Seite zu Fäusten . Der Mann sieht aus, als ob er etwas oder jemanden verprügeln wollte.

„Nikita hat es nicht gesagt."

„Du wirst nicht zu diesen Monstern zurückgehen", sagt Declan. Er räuspert sich und wirft einen Blick auf Katie. Will er, dass sie ihm den Rücken stärkt?

Sie schlendert durch das Wohnzimmer und legt ihm eine Hand auf den Arm, was ihn zu beruhigen scheint. Seine Fäuste entspannen sich zusammen mit seinen Schultern und die Anspannung scheint von ihm abzufallen. „Wir werden das gemeinsam herausfinden", sagt Katie.

Es klopft heftig an der Tür und ich halte den Atem an.

Ist es die Mafia? Sind sie gekommen, um meine Familie zu töten?

„Mach auf!", dringt ein dicker italienischer Akzent durch die Tür.

„Geht nach oben und schließt euch mit Zion im Schlafzimmer ein", sagt Declan. Er holt seine Pistole aus dem Halfter an seiner Hüfte und eine zweite Waffe, die unter einem Beistelltisch gesichert ist. Er übergibt Katie die zweite Waffe. „Los!"

ACHT

Nikita

„Es war ein Überfall", sage ich und gehe ins Gelände, um zu duschen und mich umzuziehen. Ich habe ein paar Schrammen, die gereinigt und verbunden werden müssen, aber nichts Wesentliches. Dmitri und Luka haben es lebend rausgeschafft, aber es war ein Blutbad, die Italiener haben auf uns gewartet, ihre Leute waren uns zahlenmäßig zehnmal überlegen.

Sie schickten viele ihrer niederen Mitarbeiter, was es sehr einfach machte, einen nach dem anderen auszuschalten.

„Das überrascht mich nicht. Lucy ist vor ein paar Stunden gegangen", sagt Mikhail.

Mein Kiefer krampft sich zusammen. „Gegangen? Wo zum Teufel ist sie hin?"

Mikhail hat sie gehen lassen? Sie sollte doch auf dem Gelände bleiben, wo es sicher ist.

„Zum Flughafen, und bevor du etwas sagst, habe ich einen unserer Leute nachsehen lassen, welchen Flug sie genommen hat."

„Und du glaubst nicht, dass die Italiener dasselbe tun könnten?" Ich fahre mir mit den Fingern durch die Haare und zucke zusammen, ohne zu bemerken, dass ich eine Schürfwunde an der Stirn habe. Der Schmerz ist dumpf im Vergleich zu dem, was in meiner Brust schmerzt. „Wo ist sie hin?" Sie wird ihren Sohn und sich selbst umbringen, wenn sie nicht aufpasst.

„Sie ist nach O'Hare geflogen", sagt Mikhail.

Genau wie ich vermutet habe, würde sie nicht in den Urlaub abhauen oder ohne ihr Kind untertauchen. „Ich muss heute Abend einen Flug nach Chicago bekommen."

„Bist du dir sicher, dass sie so viel Ärger wert ist?",
fragt Mikhail. „Ich gebe dir eine Freikarte. Ich weiß,
was ich gesagt habe, dass du für die Schlösser, die
Sicherheit und die Installation des Zauns bezahlen
sollst", sagt er abfällig.

Wenn das seine Art ist, sich zu entschuldigen, dann
ist das das Einzige, was ich von Mikhail zu hören
bekomme. „Ich werde sie dafür bezahlen lassen",
sage ich. „Sie wird für mich im Club arbeiten."
Zumindest hatte ich das gestern Abend vor, bis die
Kacke am Dampfen war, und jetzt überlege ich, ob
ich ihr hinterherlaufe.

Was zum Teufel mache ich da?

„Ist die Jagd nach ihr rein geschäftlich?", fragt
Mikhail. Sein Blick verrät mir, dass er mir den
Schwachsinn nicht abkauft, aber er ist nicht
derjenige, der überzeugt werden muss.

Ich antworte ihm nicht. „Ich kann nicht mit blutigen
Klamotten zum Flughafen fahren." Ich eile die
Treppe hinauf, um saubere Kleidung anzuziehen.
Ich springe unter die Dusche, bevor das Wasser heiß
ist und ziehe eine Grimasse.

Es ist eisig und brennt, wenn es auf meine Haut trifft, bis das Wasser wieder warm ist. Das Blut rinnt den Abfluss hinunter und sobald es warm ist, schalte ich die Dusche aus, trockne mich ab und ziehe einen frischen, sauberen Anzug an.

Mikhail klopft an die Schlafzimmertür, und ich reiße sie auf, ein Paar schwarze Socken in der Hand. „Ich weiß nicht, wie du Lucy finden willst, aber mein Pilot ist bereit, dich am Flugplatz abzuholen .

Ich atme erleichtert auf, dass ich nicht durch die TSA oder andere Sicherheitskontrollen gehen muss. Obwohl ich es immer vorziehe, privat zu fliegen, liegt das nicht in meiner Hand. Es ist Mikhails Flugzeug und sein Pilot.

„Vielen Dank, Sir."

„Weißt du überhaupt, wie du sie finden kannst?" fragt Mikhail.

Ich schnappe mir mein Handy vom Badezimmertisch, zusammen mit meinen blutigen Klamotten. Ich öffne die Tracking-App, aber sie gibt mir nicht viele Informationen. Sie ist immer noch auf dem Weg nach Chicago. Ihr letzter bekannter Aufenthaltsort war der Flughafen. „Ja, ich habe gestern Abend einen Peilsender an ihrem Schlüsselbund angebracht." Die Italiener werden ihr Telefon wahrscheinlich wegwerfen. Es ist unwahrscheinlich, dass sie ihre Schlüssel nach einem Peilsender durchsuchen. Wir sind ihnen in punkto Technologie und Überwachungsausrüstung weit voraus.

„Bist du sicher, dass sie die Mühe wert ist? Weißt du was, vergiss es." Er schüttelt den Kopf, weil er offensichtlich nicht will, dass ich antworte. „Es ist klar, dass du etwas für das Mädchen übrig hast."

Ich mache den Mund auf, um zu widersprechen. Es ist ja nicht so, dass wir die guten Jungs sind, die auf Rettungsmissionen gehen, um hübsche Frauen zu retten. Vielleicht hat er recht; meine Motive sind nicht selbstlos. Aber ich will mich nicht damit befassen.

Ich schnappe mir den Schlüsselbund für den Pickup, eile zur Garage und setze mich auf den Fahrersitz. Ich drücke den Knopf, um die Garage zu öffnen und fahre los. Anton, der das Tor bedient, öffnet es und lässt mich passieren, bevor ich Zeit habe, abzubremsen.

Ich fahre zum Regionalflughafen, wo Mikhails Privatflugzeug steht. Der Pilot sitzt bereits im Flugzeug, als ich ankomme, und führt seine Vorflugkontrolle durch. Ich habe kein Gepäck, nichts außer meinem Handy und den Waffen, die ich bei mir trage.

Ich nehme auf dem beigefarbenen Ledersitz Platz und überlasse es dem Piloten, uns nach Chicago zu bringen. Es gibt nicht viel, was ich tun kann, außer auf meinem Hintern zu sitzen und zu warten.

Ich bin kein geduldiger Mensch.

Ich hasse es zu warten.

Das einzige Vergnügen, das ich habe, ist, dass Lucy nicht so weit von mir entfernt ist. Sie hat ein paar Stunden Vorsprung, aber ich werde heute Abend in Chicago sein und sie finden.

Nach dem Abflug öffne ich den Mini-Kühlschrank und hole mir ein Getränk und einen Snack. Es ist unwahrscheinlich, dass ich heute zu Abend esse, und ich bin ausgehungert von dem Feuergefecht.

Ich bin kribbelig und unruhig, bis wir endlich landen und ich ihren Standort wieder ausfindig machen kann. Als wir ankommen, wartet bereits ein Mietwagen auf mich.

Ein Blick auf mein Telefon verrät mir, dass ihr Handy keinen Empfang hat. Es muss weggeworfen worden sein, denn sein letzter bekannter Standort liegt irgendwo am Rande der Autobahn. Doch der Peilsender, den ich in der Nacht zuvor an ihren Schlüsseln befestigt hatte, pingt ihren letzten bekannten Standort mitten im Nirgendwo an, mindestens eine Stunde südwestlich vom Standort des Handys.

Aktuell wird kein Signal gesendet, aber wenn ich Glück habe, wird sie dort festgehalten, wo ihr Signal zuletzt gesendet wurde.

Ich fahre in die Richtung, wo sie sich aufhalten könnte, ohne zu wissen, was ich dort vorfinde. Ihre Schwester und ihr Sohn wohnen in der Stadt. Ich fahre in die entgegengesetzte Richtung. Hoffentlich hat sie den Tracker nicht bemerkt und ihre Schlüssel mit einem armen Kerl auf ihrem Flug vertauscht, um mich zu verlieren.

Würde sie das tun?

Ich eile in Richtung des Ortes und je weiter ich mich von der Stadt entferne, desto mehr Ackerland und offene Felder sehe ich. Keine offensichtlichen Anzeichen dafür, dass Lucy oder die Mafia eine Leiche entsorgt haben. Mir dreht sich der Magen um. Draußen ist es dunkel und es gibt kein Mondlicht, nur einen dichten, bewölkten Himmel und ein paar Regentropfen, die auf die Windschutzscheibe prasseln.

Ich fahre von der Autobahn ab und folge ihr zu ihrem letzten bekannten Aufenthaltsort, einem Bauernhaus. Die Straße ist dunkel, schwach beleuchtet und ziemlich schwer zu finden. Aber ich bin nicht der Einzige, der an dem Haus ist.

Ein halbes Dutzend Fahrzeuge sind mit eingeschalteten Scheinwerfern vor dem Haus geparkt. Männer mit Gewehren schießen auf die Eingangstür, Kugeln zerreißen die Holzverkleidung und lassen das Gebäude in Brand geraten.

Ich stelle den Motor auf „Parken" und springe mit meiner Waffe in der Hand aus dem Auto. Ein kluger Mann würde rennen, den Wagen wenden und sich aus dem Staub machen, bevor sie überhaupt merken, dass es einen Zeugen gibt.

Sie scheren sich nicht um Zeugen oder Gehen ins Gefängnis. Sie werden jeden töten, der sich ihnen in den Weg stellt.

Ich habe nicht die geringste Angst vor dem Tod. Ich nehme meine Waffe aus dem Halfter und schieße mehrere Kugeln ab, die drei Männer ausschalten, bevor sie ihre Aufmerksamkeit vom Bauernhaus auf mich lenken.

Ich stehe unter Beschuss.

Derjenige, der im Haus ist, schießt auf die Männer zurück, gibt mehrere Schüsse ab und zwingt die Aufmerksamkeit der Mafia wieder auf das Bauernhaus. Mit dem Rücken zu mir schieße ich mehrere Kugeln in die Männer, die ihre Fahrzeuge benutzen, um sich vor dem Beschuss aus dem ersten Stock des Hauses zu schützen.

Die Leichen liegen auf der nicht gepflasterten Auffahrt. Zweifellos werden noch mehr Männer kommen, um nach Lucy und ihrer Familie zu suchen.

Im Inneren des Hauses ist es still. Die Schüsse verstummen, als die Mafia nicht mehr auf das Bauernhaus schießt.

„Lucy!", rufe ich in die Dunkelheit und gehe vorsichtig auf das Bauernhaus zu. Ich habe nicht vor, mich erschießen zu lassen, aber ich weiß nicht, was sie ihrer Schwester über mich erzählt hat oder wer die Waffe schwingt, die mir den Arsch gerettet hat, als ich beschossen wurde. „Ich bin's, Nikita", sage ich. „Ich bin hier, um dich zu beschützen."

„Keinen Schritt weiter!", schreit mich eine männliche Stimme an. „Oder ich erschieße dich."

Wer zum Teufel ist das?

„Ist ja gut." Lucys Stimme ist sanft und beruhigend, als ich höre, wie sie dem Mann da drinnen sagt, dass ich keine Gefahr für sie bin.

Sie ist zu vertrauensvoll.

Aber ich werde ihr nicht wehtun.

Es gibt einen kurzen Austausch zwischen den beiden, bevor er sagt: „Du kannst hereinkommen, aber nicht mit deiner Waffe. Du gibst deine Waffe an der Tür ab."

Mir gefallen die Bedingungen nicht und ich hätte fast Lust, das Arschloch zu erschießen, das mich daran hindert, das Gebäude zu betreten. Aber er hat

Lucy vor den Bewaffneten beschützt und es kann nicht schaden, einen weiteren ausgebildeten Attentäter zu haben, wenn die Mafia zurückkehrt, denn sie werden Lucy nicht in Ruhe lassen, bis sie bekommen, was sie wollen. Es macht ihnen nichts aus, dass sie es nicht hat. Die Bastarde sind hartnäckig.

„Na gut", sage ich und grummele. Ich entferne das Magazin und die Kugeln aus meiner Waffe. Ich gehe auf die Haustür zu, und die Holztreppe knarrt und ächzt unter meinem Gewicht. Ich bin mir nicht sicher, wie lange das Bauernhaus noch bewohnbar ist. Kugeln übersähen die Wände. Bei Tagesanbruch wird der Schaden deutlicher zu sehen sein, aber wir sollten nicht bis zum Sonnenaufgang hier bleiben.

Die Mafia hat Lucy aufgespürt. Ich muss sie zurück nach New York bringen, wo ich sie beschützen kann.

Ich entlade das Magazin und den Lauf, bevor ich dem Mann, der die Tür bewacht, meine Waffe übergebe und sie damit wertlos mache. „Wer sind Sie?", frage ich und werfe ihm einen Blick zu. Er gehört weder zur Mafia noch zur Bratva oder einer anderen Organisation, die ich kenne. Wäre er ein

FBI-Agent oder ein Polizist, würden andere Agenten auf dem Gelände herumkriechen.

Lucy steht gerade außer Reichweite, die Arme vor der Brust verschränkt. Eine andere junge Frau trägt ein kleines Kind in ihren Armen. Das müssen Lucys Schwester und Zion, Lucys Sohn, sein.

Das Haus ist dunkel, sodass es schwierig ist, mehr als einen Umriss zu erkennen.

„Was machst du hier?", fragt Lucy.

Der Herr ignoriert meine Frage zugunsten der von Lucy.

„Ich bin hier, um dich und deine Familie nach Hause zu bringen", sage ich. „Es ist nicht sicher in Chicago, wenn die Mafia hinter dir her ist."

„Und du kannst sie beschützen?", fragt der Mann, der neben der Tür steht.

„Besser, als du es kannst", sage ich spöttisch. „Wir gehen nach Hause."

„Ich lasse weder meine Schwester noch meinen Sohn zurück." Lucy macht einen Schritt rückwärts auf ihre Schwester zu.

Sie hat sie bereits in Gefahr gebracht, indem sie ihre Schwester einbezogen und ihren Sohn nach Chicago gebracht hat. „Gut. Im Privatjet ist genug Platz für die Rückkehr nach New York."

„Du bringst sie nirgendwohin", sagt der Mann.

Lucys Schwester übergibt den kleinen Jungen an Lucy und schlendert auf den fremden Mann an der Tür zu. Sie scheint ihn zu kennen, denn sie legt eine Hand auf seinen Arm. „Wir können hier nicht bleiben, Declan."

„Dann komm mit mir zurück nach Breckenridge", sagt Declan.

„Kommst du nicht von dort?" frage ich und werfe einen Blick in Lucys Richtung. „Wenn ich das weiß, wird es auch die Mafia wissen. Sie werden in Breckenridge mit Männern auf dich warten, sobald du einen Fuß in die Stadt setzt."

„Was soll ich denn jetzt tun?", fragt Lucy. Sie nimmt ihren Jungen in den Arm. Er ist kein bisschen eingeschlafen. Seine Augen leuchten und sind weit aufgerissen, während er sich an seine Mutter klammert, seine Arme um ihren Hals und seine Beine um ihre Hüfte.

Ich würde mir Sorgen machen, wenn er nach dem, was sie gerade durchgemacht haben, nicht so viel Angst hätte.

„Ich kann dich auf dem Gelände beschützen", sage ich. „Du arbeitest für mich, Lucy. Wir beschützen unsere Familie." Ich hatte ihr einen Job im Club versprochen; das macht sie zu einer Angestellten.

Declans Augen verdichten sich als er zu mir herüberschaut. „Du bist einer von der russischen Bratva." In seiner Stimme schwingt Abscheu mit. Er ist entsetzt darüber, wer ich bin. Aber er weiß nichts über mich.

„Und du wirst nie erfahren, wie es ist, Brüder zu haben, die dich unterstützen. Wir müssen jetzt gehen." Ich fixiere Lucy mit meinem Blick. „Die Mafia wird Verstärkung holen. Sie werden noch mehr Männer hierherschicken, wenn sie dich nicht an ihren Anführer ausliefern."

Lucy stößt einen schweren Seufzer aus. Sie muss wissen, dass ich recht habe.

„Nikita hat recht. Wir müssen den Ort wechseln, aber ich kann die Mädchen beschützen", sagt Declan.

„Lucy kommt mit zurück nach New York." Ich werde nicht mit ihm streiten. Das ist nicht verhandelbar. „Wenn du Pfadfinder spielen und mitkommen willst, bitte sehr."

Er macht sich über meinen Vorschlag lustig. „Wie wäre es, wenn wir sie entscheiden lassen?"

Declan und ich richten unsere Aufmerksamkeit auf Lucy. Ihr Blick ist zögernd, als sie von ihm zu mir und wieder zurückschaut. „Wir müssen dem ein Ende setzen", sagt Lucy. „Ich werde mich nicht mein ganzes Leben lang verstecken, so tun, als wäre ich jemand anderes, und immer über die Schulter schauen müssen.

„Wir können dich beschützen", sagt Declan. „Ich arbeite als Leibwächter, helfe bei privaten Ermittlungen und bei Sicherheitsdiensten. Ich habe ein ganzes Team, das dich beschützen kann."

„Ich gehe mit Nikita", sagt Lucy. „Und ich nehme Zion mit."

„Deine Schwester muss auch mitkommen", sage ich.

Ich werde Lucys Schwester auf keinen Fall zurücklassen. Sie wird mir nie verzeihen, wenn ihr etwas zustößt.

„Ich heiße Katie", sagt das Mädchen und tritt näher an mich heran, bis sie auf Augenhöhe ist. Sie ist ein paar Zentimeter kleiner als Lucy, aber die Überprüfung, die ich durchgeführt habe, hat ergeben, dass sie ein paar Jahre älter ist. In ihrem Blick liegt ein Feuer, eine Entschlossenheit, die mir sagt, dass sie mir das Leben nicht leichter machen wird. „Und ich gehe mit Declan nach Breckenridge, wo er mich beschützen kann."

„Mit ihm bist du nicht sicherer", sage ich und werfe einen Blick in Declans Richtung. Er hat es geschafft, die Stellung zu halten, bis ich aufgetaucht bin. Aber das heißt nicht, dass er noch einmal Glück haben wird. „Die Mafia wird hinter dir her sein, weil du für Lucy wichtig bist. Jeder, der Lucy wichtig ist, ist in Gefahr."

Katie öffnet ihren Mund und schließt ihn schnell wieder mit einem schweren Seufzer. „Ich weiche nicht von Declans Seite. Ich gehe dahin, wo er hingeht."

Er legt einen Arm um ihre Schultern und zieht sie zu sich in seine Umarmung. „Wir sollten nach Breckenridge fahren", sagt er.

Ich mache mich über seinen Vorschlag lustig. Er riskiert Katies Leben, aber es ist nicht meine Aufgabe, sie davon zu überzeugen, uns zu begleiten. Vielleicht ist es das Beste, wenn sie Chicago verlassen. Die Mafia will vielleicht Katie erwischen, aber ihre Priorität wird Zion, Lucys Sohn, sein. Und wenn Katie ihr eigenes Sicherheitsteam hat, das auf sie aufpasst, muss ich mir um eine Person weniger Sorgen machen.

Ich bin nicht ganz einverstanden mit dem Szenario, dass Katie uns nicht begleitet, aber das ist nicht meine Entscheidung. Es liegt an ihr.

Katie drückt Declan einen kurzen Kuss auf die Lippen, bevor sie sich aus seiner Umarmung löst. „Ich fahre mit Declan nach Breckenridge." Sie zieht Lucy zum Abschied in ihre Arme . „Du solltest mit uns kommen", flüstert sie etwas zu laut.

„Wir müssen gehen", sage ich und halte Declan meine Hand hin, damit er mir meine Waffe zurückgibt. „Meine Waffe."

Er reicht mir die leere Waffe und bietet mir den Griff an. Ich schiebe das Magazin in das Gewehr und stelle sicher, dass die Waffe im Notfall einsatzbereit ist. Ich will nicht unvorbereitet erwischt werden.

Lucy umarmt ihre Schwester ein letztes Mal und trägt Zion zu meinem Mietauto.

Ich öffne die Hintertür und sie schnallt ihn in den Sitz. Es gibt keine Sitzerhöhung. Wir müssen uns damit begnügen. Lucy sagt kein einziges Wort. Sie schlüpft auf den Rücksitz neben Zion, ich schließe die Tür und gehe zur Fahrerseite.

Schweigen erfüllt das Auto, als ich von dem ramponierten Bauernhaus wegfahre.

„Die Italiener waren auf dem Flughafen", sagt Lucy.

Ich werfe einen Blick zu ihr in den Rückspiegel. Ihre grünen Augen sind groß und voller Angst. Solange ich bei ihr bin, muss sie sich keine Sorgen machen. Ich kann sie beschützen.

„Gut. Lass sie weiter den Flughafen überwachen", sage ich.

„Fliegen wir nicht zurück nach New York?"

„Ja, aber wir fliegen nicht kommerziell." Ich fahre auf die Hauptstraße und mache mich auf den Weg zur Interstate. Als ich sicher bin, dass wir nicht verfolgt werden, rufe ich Mikhail an und bitte ihn darum, dass sein Pilot uns an der Landebahn abholt.

Es ist Zeit, nach Hause zu gehen.

———

Zion schläft während des gesamten Fluges und der Autofahrt zurück zum Gelände tief und fest. Ich werfe einen Blick in den Rückspiegel, als wir vor dem Haus halten. Es gibt nur einen Ausweg. Die Mafia wird nicht klein beigeben. Ich muss Aleksandra von Angesicht zu Angesicht sehen.

„Lass mich dir helfen", biete ich an, als ich die Hintertür öffne. Lucy klettert aus dem Auto und ich hebe Zion vom Sitz und trage ihn ins Haus.

Lucy zieht die Stirn in Falten und spitzt die Unterlippe zwischen ihren Zähnen. Sie will mich nicht in der Nähe ihres Sohnes haben, aber ich habe die bestenMöglichkeiten, ihn zu beschützen.

Ich führe sie ins Haus. Die Sonne ist schon aufgegangen, und Zion rührt sich in meinen Armen. Der Junge hat es geschafft, länger zu schlafen, als ich dachte, aber er hat auch ein traumatisches Erlebnis für einen Sechsjährigen hinter sich.

Lucy unterdrückt ein Gähnen. Ihre Augen sind schwer und wachsam. Sie muss erschöpft sein.

„Wohin gehen wir?", fragt sie.

„Ich zeige dir dein Zimmer." Ich habe das Szenario noch gar nicht mit Mikhail besprochen, aber wenn ich meine Schlafplätze für Lucy und Zion aufgeben muss, werde ich auf dem Sofa im Arbeitszimmer schlafen. In der Zwischenzeit mache ich mich auf den Weg zu einem leeren Zimmer.

Mikhail hat mehr Zimmer als Gäste. In all den Jahren, in denen ich für die Bratva arbeite, habe ich noch nie erlebt, dass wir ein volles Haus hatten.

Ich öffne das leere Zimmer, mache mir aber nicht die Mühe, das Licht anzumachen. Es gibt genug Sonnenlicht, das durch die offenen Vorhänge fällt.

Es gibt nur ein Bett, ein Doppelbett, das an die Wand gelehnt ist. „Ich lasse ein Einzelbett bringen", sage ich. Es gibt noch mindestens zwei Zwillingsmatratzen aus der Zeit, als Liam und Sophia, Aleksandras Zwillinge, unter Mikhails Dach lebten. Ich werde eines der Betten aus dem Lager holen müssen, aber ich bin mir sicher, dass Lucy es begrüßen wird, das Bett nicht mit ihrem Sohn teilen zu müssen.

„Ich bin nicht müde", murmelt Zion und windet sich aus meinem Griff. Ich stelle seine Füße auf die Holzdielen, und er eilt zu Lucy.

„Einer von uns beiden hat letzte Nacht genug Schlaf bekommen", murmelt Lucy und reibt sich den Schlaf aus den Augen.

Lucy zwingt sich zu einem Lächeln durch ihre schweren Augenlider. Sie ist erschöpft, aber ich weiß nicht , wie man auf einen sechsjährigen Jungen aufpasst. Außerdem bezweifle ich, dass sie mir zutrauen würde, ein paar Stunden auf ihn aufzupassen, während sie schläft.

Sie hebt Zion hoch und legt ihn auf die Matratze, bevor sie nach der Fernbedienung für den an der Wand angebrachten Fernseher greift. „Vielleicht können wir dir Zeichentrickfilme zeigen", sagt Lucy.

Lucy hat Mühe, ihre Augen offen zu halten. Da ist sie nicht die Einzige. Es war eine lange Nacht, ganz zu schweigen von der Schießerei auf dem Bauernhof außerhalb von Chicago. Auch im Motel wurden wir überfallen. Ich könnte auch ein Nickerchen gebrauchen.

„Mama, ich will in den Park", sagt Zion. Er klettert von der Matratze und hat keine Lust, fernzusehen.

„Nach dem Frühstück", sagt Lucy. Sie kämpft innerlich mit sich. Sie sehnt sich nach Schlaf, aber sie will Zion nicht enttäuschen. Vielleicht weiß sie aber auch, dass er ihr kein Nickerchen erlauben wird.

„Es soll regnen", sage ich und bin erleichtert, dass ich nicht der Bösewicht sein muss, der dem Kind sagt, dass es nicht in den Park gehen kann, weil es nicht sicher ist. Wenigstens kann das Wetter die Schuld dafür tragen.

Zions Nase zuckt, und er schmollt. „Mir ist langweilig."

„Wie wäre es, wenn wir schauen, ob gerade ein Zeichentrickfilm läuft?", fragt Lucy und versucht erneut, ihn dazu zu bringen, sich hinzusetzen und fernzusehen. Wahrscheinlich denkt sie, dass sie ein kleines Nickerchen machen kann, wenn er mit ihr im Zimmer ist und sie ihn beschäftigt.

Zion klettert auf den Rand der Matratze und lässt seine Füße an der Seite baumeln, während Lucy durch die Fernsehkanäle schaltet.

Ich lasse die beiden allein und schließe die Schlafzimmertür, damit sie keinen Ärger bekommen und in ihrem Zimmer bleiben, während ich mit Mikhail darüber spreche, dass er Gäste unter seinem Dach beherbergt. Ich gehe die Treppe hinunter und bin noch nicht einmal unten angekommen, als ich sehe, wie der Chef die Treppe heraufkommt.

„Ich höre, wir haben Besuch", sagt Mikhail.

Was hat er wohl gedacht, was nach dem Überfall auf das Motel und dem Ausleihen seines Privatjets für Chicago passieren würde?

„Das ist richtig. Ich habe sie in einem der Gästezimmer untergebracht. Luka wird mir helfen, die Matratze für den kleinen Jungen aus dem Lager zu holen."

„Und was ist mit der Schwester?", fragt Mikhail. Sie ist uns zwei Schritte voraus, aber das ist für uns alle eine Sorge weniger, was Katie angeht.

„Sie hat beschlossen, mit ihrem Freund nach Breckenridge zurückzukehren." Ich werde nicht näher auf Declan eingehen und auch nicht darauf, dass Katies Freund für den Sicherheitsdienst arbeitet. Er hat mir geholfen, und das Mindeste, was ich tun kann, ist, ihm einen Freifahrtschein wegen dem Ärger zu geben. Andernfalls würde Mikhail Declan zum Verhör vorladen wollen. Ich bin nicht daran interessiert, Gefangene zu machen oder Lucys Familie zu zerstören.

Mikhail stößt einen schweren Seufzer aus, als ich die letzte Treppe herunterschreite . „Und das Kind? Wie geht es ihm?"

„Es geht ihm gut, wenn man bedenkt, dass das Haus gestern Abend, als ich ankam, in Schutt und Asche lag."

„Verdammt, gut, dass du es geschafft hast, Lucy und ihren Sohn lebend herauszuholen. Sie können in der Gästesuite bleiben, bis wir wissen, wie es mit den Morettis weitergeht."

„Genau das, Sir. Ich habe mir überlegt, dass es vielleicht eine gute Idee wäre, Aleksandra einen Besuch abzustatten."

„Du willst mit meiner Schwester sprechen?" Mikhail reibt sich mit der Hand über das Gesicht. Er sieht genauso erschöpft aus, wie ich mich bei der Erwähnung von Aleksandra fühle.

„Sie ist involviert. Ich habe sie gestern gesehen, als Lucy im Club zu Fuß abgehauen ist."

Mikhail lässt die Hände zur Seite fallen. „Einfach wunderbar." Er ist nicht im Geringsten begeistert von dieser Nachricht. Er hat keinen Kontakt zu Aleksandra. Sie sind getrennte Wege gegangen, nachdem sie sich mit der Mafia eingelassen hatte. Sie ist verheiratet oder wird heiraten; ich habe den kleinen Hitzkopf nicht genau im Auge behalten.

Aber Mikhail ist nicht begeistert, dass ich ihren Namen erwähne und plane, sie zu besuchen. Ich erwarte fast, dass er mir verbietet, sie zu besuchen, aber es ist ja kein gesellschaftlicher Besuch.

„Tu, was du tun musst, aber sei vorsichtig. Ich will nicht deine Leiche auffinden müssen."

———

Ich würde Aleksandra auch lieber nicht besuchen, aber ich weiß nicht, wie ich mit Lucys Situation sonst umgehen soll. Und ich habe nicht die geringste Ahnung, wie lange sie auf mich hören und auf dem Gelände bleiben wird.

Ich habe ein wenig über Aleksandra und die Zwillinge recherchiert und herausgefunden, in welcher Grundschule sie Liam und Sophia angemeldet hat. Ich bin erschöpft und könnte ein paar Stunden Schlaf gebrauchen, aber ich verzichte notgedrungen auf mein Verlangen.

Lucy und Zion zu beschützen, steht ganz oben auf meiner Liste.

Ich schnappe mir die Schlüssel des Pickups und fahre zur Grundschule. Aleksandra müsste sie jeden Moment absetzen. Ich gehe das Risiko ein, vorausgesetzt, die Kinder kommen nicht mit dem Schulbus.

Ich bezweifle, dass Antonio seinen Kindern erlauben würde, mit einem Schulbus zu fahren. Er wäre zu besorgt um ihr Wohlergehen. Er hat mehr Feinde als die Bratva.

Ich parke einen Häuserblock entfernt, auf dem nächstgelegenen Platz, den ich finden konnte, und gehe den Rest des Weges zu Fuß. Nach ein paar Minuten sehe ich Aleksandra ein paar Meter hinter Sophia und Liam kommen. Die Zwillinge eilen mit ihren Rucksäcken auf den Schultern zum Haupteingang.

„Onkel Nikita!", schreit Sophia und ihre Augen weiten sich, als sie auf mich zu rennt und ihre Arme um mich wirft. Das Kind ist in der Zeit als ich es das letzte mal gesehen habe sehr gewachsen. Wie lange ist das her, fast zwei Jahre?

Eigentlich bin ich nicht ihr Onkel, aber ich habe die Zwillinge unzählige Male zur Vorschule gebracht. Ich habe viel Zeit mit ihnen verbracht, aber nicht als ihr Babysitter.

Ich hocke mich hin und umarme sie. Liam schaut mich von oben bis unten an. In seinem Blick ist keine Vergebung zu sehen. Nur Wut und Verbitterung. Er ist Antonios Sohn.

„Du solltest jetzt hineingehen. Du willst doch nicht zu spät kommen", sage ich zu Sophia.

„Ich habe dich vermisst", sagt Sophia, bevor sie ihren Griff löst, Liams Hand ergreift und ihn zu den offenen Türen zieht.

Aleksandra bleibt vor mir stehen. Ihre Aufmerksamkeit gilt kurz den Zwillingen, während sie sich vergewissert, dass sie das Schulgebäude betreten, bevor sie ihren strengen Blick wieder auf mich richtet. „Was tust du hier, Nikita?"

„Ich bin hier, um dich zu warnen. Du musst Lucy und Zion in Ruhe lassen. Ich möchte nicht, dass den Zwillingen etwas zustößt."

„Ist das eine Drohung?" Aleksandra knurrt und dringt in meinen persönlichen Bereich ein. Sie schreckt nicht vor einer Drohung oder einem Kampf zurück.

Ich will ihre Kinder nicht bedrohen, aber wenn sie nichts zu verlieren hat, wird sie nicht kooperieren.

„Sie ist genau das, was du aus ihr machst", sage ich. „Lass Lucy und ihre Familie in Ruhe. Zion hat in eurem Kampf nichts zu suchen, genauso wenig wie Liam oder Sophia."

Sie beißt sich auf die Unterlippe. Ihre Hände sind an der Seiten zu Fäusten geballt. Ich erwarte fast, dass sie mir eine Ohrfeige gibt, aber sie tut es nicht.

„Warum tust du das?", frage ich.

Aleksandra macht sich über meine Frage lustig. „Lucy arbeitet für uns."

Ist es das, was sie denkt? Die Mafia besitzt sie, weil sie sich in etwas eingemischt hat, was sie hätte nicht machen sollen. „Nicht mehr."

Sie grinst und zuckt mit den Schultern. „Du weißt, dass die Mafia Lucy nur dann in Ruhe lassen wird." Ihr starrer Blick dreht mir den Magen um.

Lucy muss ein Teil der Bratva werden und nicht nur eine Angestellte auf niedrigem Level. Das ist der Deal, den wir gemacht haben. Lucy ist in das Gelände eingebrochen, weil Antonio kein Mitglied der Mafia oder einen Mitarbeiter hineinschicken konnte. Das hätte einen Krieg ausgelöst.

Er hat das Nächstbeste getan, fand ein Mädchen das in Schwierigkeiten war, und benutzte sie, um zu bekommen, was er wollte. „Lucy gehört dir nicht."

„Dir auch nicht", sagt Aleksandra. „Wenn du willst, dass sie in Ruhe gelassen wird, weißt du, was du tun musst. Heirate sie."

NEUN

Lucy

„Wir müssen reden." Nikita stürmt in das Schlafzimmer, ohne anzuklopfen.

Zion wirft einen Blick auf Nikita, bevor er sich wieder den Zeichentrickfilmen auf dem Bildschirm zuwendet.

„Ich bin gleich wieder da", sage ich und drücke Zion einen Kuss auf die Stirn. Ich klettere von der Matratze, verlasse das Schlafzimmer und schließe die Tür hinter mir. „Was ist los?"

Nikita scheint nicht stillhalten zu können, während er im Flur steht. Er ist unruhig und ängstlich. Und warum?

„Du musst mich heiraten."

Hat er den Verstand verloren? „Wie bitte?" Ich verschlucke mich an meinen Worten, mein Mund ist wie ausgedörrt nach seiner Bemerkung. Das kann nicht sein Ernst sein. „Warum zum Teufel sollte ich dich heiraten?"

„Ich versuche, dich zu beschützen. Wenn wir eine Familie sind, wird die Mafia weder dir noch Zion etwas antun."

Ich glaube ihm nicht. Das muss eine Art Trick sein. Was für ein Spiel spielt er, wenn er vorschlägt, dass wir heiraten? „Kannst du ihnen nicht drohen? Ihnen sagen, dass sie uns in Ruhe lassen sollen?"

„Das habe ich schon getan", sagt Nikita und räuspert sich. „Das ist die einzige Möglichkeit."

„Ich werde dich nicht heiraten", sage ich und lehne sein Angebot ab, wenn man es überhaupt als solches bezeichnen kann. Ich greife nach dem Türgriff zum Schlafzimmer.

„Lucy, warte!", sagt Nikita.

Ich werfe ihm einen Blick über die Schulter zu und drehe mich um, um zu sehen, dass er eine Schachtel mit einem diamantenen Verlobungsrings ausgepackt hat. „Du hast einen Ring gekauft?", frage ich mit fester Stimme. Das Adrenalin pumpt durch meinen Körper, während ich versuche, zu Atem zu kommen. „Das ist verrückt."

„Ich mag dich, *Malish*. Es ist ein gesunder Anfang für eine Ehe."

„Nein, ist es nicht! Jemanden aus Liebe zu heiraten, ist normal. Nicht zum Schutz."

Hannah schreitet den Flur hinunter und ihr bleibt der Mund offen stehen, als sie den Ring sieht. „Ernsthaft? Machst du ihr einen Antrag? Luka!", schreit sie und stürmt die Treppe hinunter. „Wie zum Teufel kann Nikita sich vor uns verloben?"

Nikita kichert über Hannahs Wutausbruch.

Ich verstehe die Aufregung nicht, aber Nikita beugt sich vor und streift mit seinen Lippen mein Ohr. „Du hast Lukas Antrag an dem Abend unterbrochen, als du versucht hast, den Laden auszurauben."

„Oh." Ich schaue an Nikita vorbei, während Hannah die Treppe hinuntereilt. „Ich werde ihn nicht heiraten!", erwidere ich, als ob es das Drama zwischen Hannah und Luka lösen würde. Nikita hält nicht um meine Hand an, weil er mich liebt oder sein Leben mit mir verbringen will. Er tut es aus einer Art Heldenpflicht heraus, was ich kaum glauben kann, wenn man bedenkt, dass er ein Bratva ist.

„Ja, aber wenigstens hat er gefragt." Hannah kann es einfach nicht lassen.

Das wird Luka sehr wehtun.

„Komm schon, lass uns reden", sagt Nikita und nimmt meine Hand. Er fordert mich auf, ihm auf dem Flur zu folgen.

Ich werfe einen Blick zurück in das Schlafzimmer, in dem Zion liegt.

„Ihm geht es gut."

Nikitas Worte sind nicht so beruhigend, wie ich gehofft hatte, aber Zion ist mit sich selbst beschäftigt und wird wohl kaum durch die Flure wandern, wenn er nicht etwas benötigt.

„Okay, aber nur für ein paar Minuten", sage ich und folge Nikita eine weitere Treppe hinauf zu seinem Zimmer. „Was machen wir denn hier oben?" Ich tue mein Bestes, um nicht die Größe seines

Schlafzimmers zu bestaunen. Es ist mindestens doppelt so groß wie meins. Ich schleiche zum Fenster und blicke in den Garten. Er ist wirklich wunderschön, auch wenn ich ihm das nicht zugestehen würde.

„Ich mache mir Sorgen um Zion und dich", sagt Nikita. Er legt die Stirn in Falten und zieht die Unterlippe nach oben, während er spricht. „Die Mafia wird nicht aufhören. Aleksandra hat klargestellt, dass du für sie arbeitest, wenn du nicht einer von uns bist."

Ich will keine Bratva sein. Ich will auch nicht, dass man mich besitzt oder dass ich für die Mafia arbeite. „Dann werde ich gehen, und mit Zion flüchten ."

„Und sie werden dich jagen", sagt er. „Es geht nicht mehr nur um das Gemälde oder den Inhalt, der darin versteckt war.."

Er sagt mir nicht, was in dem Gemälde war, aber ich weiß, dass es wertvoll war. Ich hatte den Auftrag, das Gemälde zu zerlegen und den Inhalt direkt zu Antonio zu bringen. Ich sollte nicht erwischt werden.

„Ich habe nicht, was sie wollen. Warum sind sie nicht hinter dir oder Mikhail her?" frage ich. Wenn er die Bratva anführt, sollten sie dann nicht hinter ihm her sein? Warum ich?

„Es gab einen Waffenstillstand zwischen der Bratva und der Mafia. Du musst dich für eine Seite entscheiden, Lucy. Entweder sie oder wir."

„Und wenn ich mich nicht entscheide?"

„Dann arbeitest du für mich, wie wir es im Club besprochen haben. Ich werde tun, was ich kann, um dich zu beschützen."

„Ich habe einen Job, der vernünftig bezahlt wird", sage ich. Der Lohn ist zwar nicht sehr hoch, aber er reicht aus, um ein Dach über dem Kopf und Essen auf dem Tisch zu haben. Nikita hatte mich gewarnt, dass ich unter ihm arbeiten werde, um meine Schulden zurückzuzahlen, für das was ich an jenem Tag getan habe, als ich seinen Schlüssel gestohlen und auf dem Grundstück eingebrochen bin.

„Und die Mafia weiß, wo du arbeitest. Sobald du einen Fuß in dieses Café setzt, bist du praktisch tot. Willst du deinen Sohn ohne Mutter zurücklassen?"

Mein Atem schnürt mir die Kehle zu. Seine Worte sind wie ein Dolch, der sich in mein Herz bohrt. Zumindest würde sich meine Schwester um Zion kümmern und ihn wie ihren eigenen Sohn aufziehen. Aber das ist nicht ihre Aufgabe, und wer kann schon sagen, dass die Mafia mit meinem Tod aufhört?

„Ich bleibe hier, wo Zion in Sicherheit ist, aber ich werde dich nicht heiraten." Wenn er glaubt, dass er mein Herz für sich beanspruchen kann, irrt er sich gewaltig.

Nikita scheint von meiner Reaktion nicht überrascht zu sein. Er klappt den Deckel der Schachtel mit dem Verlobungsring zu. „Ich will nicht sagen, dass ich überrascht bin, aber ich hatte gehofft, dass du zur Vernunft kommst und erkennst, dass die Ehe nichts anderes als ein verbindlicher Vertrag ist. Ich werde tun, was ich kann, um dich zu beschützen, *Malish*, aber die Mafia wird nicht aufgeben."

„Ich hoffe, du irrst dich", sage ich. „Ich habe weder das Gemälde noch den Inhalt, den sie wollen. Ich bin mir nicht einmal hundertprozentig sicher, was ich in dem Gemälde finden sollte."

„Ich werde dich nicht zwingen, mich zu heiraten, aber du musst der Bratva die Treue schwören, wenn du unter diesem Dach wohnst. Mikhail wird dich und deinen Sohn hinrichten lassen, wenn du ihn verrätst."

Hinrichten lassen?

„Ich bin dir gegenüber loyal. Ich würde nicht im Traum daran denken, jemanden zu verraten", sage ich. Ich will nichts mit der Mafia oder der Bratva zu tun haben. Hierzubleiben, ist ein Mittel zum Zweck. Nikita ist bereit, mir Schutz zu gewähren, und ich werde alles tun, damit Zion in Sicherheit bleibt.

Selbst wenn das bedeutet, Nikita zu heiraten, aber ich bin nicht bereit, ihm das zu sagen.

———

Ich bin nicht begeistert, Zion im Haus zurückzulassen, aber Hannah und Madisyn haben darauf bestanden, dass sie auf ihn aufpassen, während ich arbeite. Er schien sich sehr darauf zu freuen, mit Kira zu spielen, obwohl sie jünger ist als er, scheint er sich nicht an ihrem Alter zu stören.

„Ich setze dich am Club ab", sagt Nikita, als er mich zur Arbeit fährt.

„Musst du nicht dort sein?", frage ich. Mir dreht sich der Magen bei dem Gedanken um, das alles könnte ein abgekartetes Spiel sein. Nein, das würde Nikita nicht tun. Er hat geschworen, mich zu beschützen. „Wer wird mich einarbeiten ?" Es ist ja nicht so, dass ich nicht mit dem Herumtragen von Getränken und dem Bedienen der Gäste zurechtkäme, aber ich dachte, er würde ein Auge auf mich haben, während ich arbeite.

Nikitas Hände verkrampfen sich am Lenkrad, als er mir einen Blick zuwirft. Er ist nicht im Geringsten glücklich über meine Fragen. „Ich bin sicher, du findest heraus, wie man Getränkebestellungen aufnimmt. Ich lasse dich nicht als Barkeeper arbeiten. Außerdem habe ich noch etwas Dringendes zu erledigen."

Er geht nicht weiter darauf ein.

Nikita setzt mich am Hintereingang ab. Er wartet nicht darauf, bis ich durch die Tür gehe. Er ist klug genug, um zu erkennen, dass ich diesmal nicht weglaufe. Mein Sohn ist bei ihnen zu Hause. Abhauen kommt nicht infrage.

Die Musik dröhnt durch den Club. Es gibt eine Handvoll Gäste, der Laden ist nicht überfüllt, nicht so wie beim letzten Mal, als ich Nikita hier getroffen habe.

Ich gehe den Gang entlang und ein Mann, ein Russe, ergreift meinen Arm. Ich kenne ihn aus dem Haus und habe ihn schon öfter gesehen, aber nicht persönlich, ich hoffe, dass ich ihm vertrauen kann. Er ist nicht bei der Mafia.

„Du musst dich fertig machen", sagt er und führt mich in die Umkleidekabine. Er öffnet die Tür, in der sich eine Handvoll Mädchen ausziehen und ihre Uniformen anziehen. Der Club ist zwar kein Stripclub, aber er zeigt seine Tänzerinnen in G-String und Bikinioberteilen, die kaum ihre Brustwarzen bedecken.

„Nikita lässt mich kellnern", sage ich und mache ihm klar, dass ich nicht zum Tanzen hier bin.

„Zwei unserer Tänzerinnen haben sich krankgemeldet. Eine Dritte hat gekündigt. Ich benötige keine Kellnerin. Ich brauche eine Tänzerin", sagt er und mustert mich von oben bis unten. „Du wirst das schon machen."

„Nein, werde ich nicht."

„Das ist keine Frage", sagt er und nimmt ein silbernes, glitzerndes Outfit aus dem Regal und wirft es mir zu. „Mach dich fertig oder verschwinde."

Am liebsten würde ich verschwinden, aber Zion ist im Haus zurückgeblieben. Habe ich eine Wahl? Ich gebe nach, ziehe mich aus und bin erleichtert, als der Russe aus der Umkleidekabine verschwindet.

„Es ist gar nicht so schlimm", sagt eines der Mädchen, während sie dick Eyeliner aufträgt, um ihre bar-blauen Augen zu betonen. „Das Trinkgeld ist es wert und die meisten Jungs sind ziemlich nett. Ich bin Ava", sagt sie.

„Die meisten von ihnen?", krächze ich. Mein Herz hämmert gegen meinen Brustkorb. „Ich habe noch nie getanzt."

„Eine Jungfrau", sagt das andere Mädchen und grinst. „Sag es den Jungs nicht, sonst buhlen sie den ganzen Abend um deine Aufmerksamkeit und wir verlieren unser Trinkgeld."

„Hör nicht auf Bailey", sagt Ava. „Sie ist nur eifersüchtig, weil Anton dich zum Tanzen ausgewählt hat. Das ist ein großes Kompliment."

„Es fühlt sich aber nicht so an", murmle ich. Ich fühle mich in meinem Ensemble, dem silbernen String und dem Triangel-Bikini, überhaupt nicht wohl. Er verdeckt zwar meine Brustwarzen, aber man sieht viel von der Seite, ganz zu schweigen vom Rest meiner Brüste, die gegen den Stoff drücken.

Arbeiten beide Mädchen freiwillig in dem Club?

Ich frage nicht. Es ist besser, es nicht zu wissen. Außerdem will ich ihr Leben nicht wegen meiner Fehler in Gefahr bringen.

Bailey und Ava gehen aus der Umkleidekabine. Meine Füße kleben förmlich auf dem Boden. Ich will mich nicht bewegen und schon gar nicht für Männer tanzen, die mich anstarren, als wäre ich ein Stück Fleisch. Ich habe es noch nie gemocht, im Mittelpunkt der Aufmerksamkeit oder im Rampenlicht zu stehen.

Das geht weit über meine Komfortzone hinaus und die ist ganz wo anderes. Aber welch eine Wahl habe ich? Ich muss Zion beschützen, und wenn das bedeutet, dass ich mich an die Regeln halten muss, werde ich es tun.

Hat Nikita diese Scharade geplant? Mich dazu zu bringen, im Club zu arbeiten und mich zum Tanzen zu zwingen. Vielleicht wollte er nicht zugeben, dass er mich nur in einem Tanga sehen will und hat seinen Kumpel Anton überredet, mich herumzukommandieren.

Wenn Nikita wollte, dass ich tanze, hätte er mir gesagt, dass das meine Aufgabe ist. Der Mann drückt sich nicht vor der Wahrheit nicht, wenn er etwas will. Er ist energisch, forsch und nicht im Geringsten entschuldigend. Ich werfe ihm nicht vor, wer er ist. Er ist Bratva. Wenigstens weiß er, was er will.

Und ich?

Ich will nur überleben und meinen Sohn um jeden Preis beschützen.

Anton kommt unangekündigt in die Umkleidekabine. „Komm schon, neues Mädchen. Schwing deinen Arsch auf die mittlere Plattform."

„Wie bitte?" Habe ich ihn richtig verstanden? Im Club gibt es mehrere Posten und Tanzplätze, aber die zentrale Plattform ist das Herzstück des Clubs und der Mittelpunkt des Geschehens. Er packt mich am Arm und schubst mich aus der Umkleidekabine, damit ich die Bühne sehen kann, auf der ich tanzen soll. „Sollte das nicht für Ava oder Bailey reserviert sein?", frage ich.

Die Bühne ist doppelt so groß wie die anderen Tanzflächen. In der Mitte steht ein Tisch mit Stühlen für die Gäste, die zuschauen und sich unterhalten lassen können.

Ich habe keine Lust zu tanzen, schon gar nicht in diesem winzigen Ensemble, das nur wenig bedeckt und fast nichts sehen lässt.

„Komm auf die Bühne", brüllt Anton mich an, reißt mich am Arm und zerrt mich auf die Bühne.

Es sind zwar nicht viele Gäste da, aber das macht nichts. Alle im Club sehen mir zu. Anton hat mich gedemütigt. Meine Wangen sind heiß und ich möchte mit den Füßen aufstampfen und einen Wutanfall bekommen, um aus diesem Desaster herauszukommen, in dem ich mich gerade befinde.

Aus den Lautsprechern ertönt pulsierende Musik, die den Boden der Bühne zum Vibrieren bringt. Sie haben mir Stilettos gegeben, die zwar eine Nummer zu klein sind, aber wenigstens werde ich meine

Schuhe beim Tanzen nicht einem Typen an den Kopfwerfen.

Vielleicht sollte ich aber auch ein wenig Feindseligkeit in Betracht ziehen, wenn ich auftrete - alles, um hier herauszukommen. Ich wäre lieber wieder zu Hause und eingesperrt, als vor geilen Männern aufzutreten.

„Tanz!", ruft Anton, als ich mich nicht von der Stelle auf dem Podest bewege. Ich fühle mich wie eine nasse Nudel. Ich bin nicht im Geringsten anmutig oder sexy. Nun, ich halte mich nicht für sexy. Ich habe Hüften und Kurven. Ein Kind kam aus mir heraus, und ich habe nie wieder Größe zweiunddreißig bekommen. Diese Zeiten sind längst vorbei.

Ich schwinge meine Hüften zur Musik, und eine Gruppe von Jungs pfeift und ruft mir zu. Ich mag diese Aufmerksamkeit nicht, aber Anton ist es egal, was ich will. Er schnappt sich das Mikrofon, um mich weiter zu demütigen. „Applaus für unsere Jungfrau auf der Tanzfläche, Layla."

Haben alle Mädchen falsche Tänzernamen? Das ist nicht die schlechteste Idee. Dass ich auf der Bühne tanze, allerdings schon.

Eine Handvoll Jungs johlen und klatschen. Die Aufmerksamkeit aller ist auf mich gerichtet, auch die von Bailey und Ava. Die beiden Mädchen werfen mir Blicke zu, zusammen mit einer Handvoll anderer Tänzerinnen und Tänzer, die ich noch nicht kenne, die alle ähnlich gekleidet also praktisch nackt sind.

Mit jedem Lied wird es leichter, zu tanzen, zu wiegen, die Hüften kreisen zu lassen und Trinkgelder von betrunkenen Männern anzunehmen, die auf der Suche nach ein bisschen Vergnügen sind. Ich hasse es nicht so sehr, wie ich dachte, nicht als die Nacht lauter und lauter wird.

Ich stehe zwar in der Mitte des Podiums, aber nicht alle Blicke sind auf mich gerichtet. Es ist eine willkommene Erleichterung, zu tanzen und so zu tun, als würde niemand zusehen.

Aber sie starren mich an, ihre Blicke verweilen länger, als sie sollten, und begutachten jedes Stückchen meiner nackten Haut.

Ich werfe einen Blick auf Bailey, als sie sich auf die Plattform senkt und den Männern erlaubt, ihren String zu erreichen und ein Bündel Geld hineinzugeben.

Ich ahme sie nach, als wäre sie ein Kunstwerk und imitiere das Manöver. Ein Mann mit einer spitzen Nase und dünnem, grauem Haar gibt mir einen Klaps auf den Hintern, während er einen Ein-Dollar-Schein in mein Höschen steckt. „Wie viel willst du für die ganze Nacht?", fragt er. Seine Stimme ist rau und jagt mir einen unangenehmen Schauer über den Rücken.

„Sie ist nicht käuflich", schimpft Nikita, packt den Mann am Revers und verpasst ihm einen Faustschlag ins Gesicht, bevor er ihn zur Tür hinauswirft.

Seit wann ist Nikita hier?

Der Club ist überfüllt und da der Scheinwerfer zwischen den Plattformen rotiert, ist es schwer, mehr als ein paar Meter zu sehen. Ich nehme an, das ist Absicht. Sie wollen, dass ich mich um die Kunden kümmere, die bereit sind, Trinkgeld zu geben.

Nikita kommt wütend zurück, sein Gesicht ist rot, als er sich der Plattform nähert, aber auf dem Boden unter mir steht. „In mein Büro, sofort!", schnauzt er.

Mir stockt der Atem, und er bietet mir seine Hand an, um mir von der Bühne herunterzuhelfen. Er sieht nicht im Geringsten glücklich aus, mich zu sehen. Denkt er, dass ich als Tänzerin nicht geeignet bin? War er unzufrieden mit meinem Auftritt? Ich habe das nicht gewollt. Ich habe um nichts davon gebeten.

Seine Hand ist warm und stark. Er hilft mir nach unten und lässt meine Hand erst wieder los, als wir oben in seinem Büro sind. Er knallt die Tür hinter uns zu.

„Was zum Teufel hast du gemacht?"

„Tanzen", flüstere ich und bin überrascht von seinem Tonfall und seiner Wut. Sein Gesicht ist rot und seine Nasenflügel blähen sich auf, während er mich von oben bis unten mustert. „Anton hat mir gesagt, dass ich tanzen soll, dass er ein Mädchen für die Tanzfläche braucht."

Nikita lacht düster und fährt sich mit der Hand durch die Haare. Er kommt näher und dringt in meinen persönlichen Bereich ein. Er riecht nach Moschus, ich tue es nicht absichtlich, aber ich atme einen Hauch seines männlichen Dufts ein. Mein Inneres fällt in Ohnmacht, aber ich verstecke mein Verlangen, denn es gibt nicht viel zu verstecken.

Kann er die Nässe zwischen meinen Schenkeln sehen?

„Du wirst nie wieder in meinem Club tanzen." Nikita ist außer sich vor Wut und geht einen Schritt zurück, um durch sein Büro zu gehen. Er zieht sein Jackett aus und reicht es mir. „Zieh das an."

Ist es ihm peinlich, mich anzuschauen? „Es tut mir leid, dass ich nicht so aussehe wie deine anderen Mädchen. Wie Ava und Bailey." Ich schiebe meine Arme in die Ärmel, ziehe das Jackett eng über meine Brust und verschränke die Arme. Ich fühle mich immer noch nackt unter seinen Blicken.

„Glaubst du, dass ich deshalb sauer bin?" Nikita packt mein Kinn, seine Augen fixieren mich, während sein Blick auf meinen Lippen verweilt. „Kein Mann hat das Recht, dich anzusehen, als wärst du ein Stück Fleisch und er würde verhungern."

„Ich bezweifle ernsthaft, dass mir jemand so viel Aufmerksamkeit geschenkt hat." Ich weise seine Bemerkung zurück. Ein paar Kerle haben geglotzt, aber ich bin nicht das attraktivste Mädchen da unten und auch nicht die beste Tänzerin.

„Niemand soll dich so ansehen wie ich", sagt Nikita.

Mir bleibt der Atem im Hals stecken. „Wie bitte?", krächze ich. Mein Mund ist trocken, und Nikita stolziert auf mich zu. Ich mache einen Schritt zurück und stoße gegen die geschlossene Tür. Ich atme scharf ein und Nikita blinzelt mehrmals, bevor er mich zur Seite schiebt und aus dem Büro schlüpft, wobei er die Tür hinter sich zuschlägt.

Was zum Teufel sollte das?

ZEHN

Nikita

Ich hätte sie fast geküsst.

Das war nicht das Einzige, was ich tun wollte, als ich Lucy auf dem Podest tanzen sah, wie sie ihre sexy Hüften schwang und ihre frechen Brüste aus dem dünnen Stoff hervorlugten, der ihren Körper bedeckte.

Was zum Teufel hat sich Anton dabei gedacht, sie auf der Bühne tanzen zu lassen?

Ich schiebe sie beiseite und verlasse mein Büro, bevor mein wütender Ständer mich dazu zwingt, etwas Bedauerliches zu tun.

Lucy hat mich nicht erkennen lassen, dass sie mich mag oder etwas mit mir zu tun haben will. Sie bleibt nur hier, weil sie mich braucht, um sie zu beschützen. Und ich werde meinen Ruf nicht beschmutzen oder sie aus einem animalischen Bedürfnis heraus verletzen.

Auch wenn sie verdammt heiß ist und meinen Schwanz mit ihren kreisenden Hüften zum Pulsieren bringt.

Ich stürme die Treppe hinunter und finde Anton im Untergeschoss des Clubs. Ich verpasse ihm mit der Faust einen Schlag ins Gesicht.

„Was soll der Scheiß, Mann?", schreit er. Anton ist klug genug, sich nicht zu wehren. Es sei denn, er will tot sein.

„Du hast sie auf die Tanzfläche gebracht!"

„Wen?" Anton legt die Stirn in Falten, bis ihm klar wird, von wem ich spreche. „Das neue Mädchen?"

„Lucy hat auf der Tanzfläche nichts zu suchen", knurre ich und er geht mir aus dem Weg, bevor ich ihm einen zweiten Schlag ins Gesicht verpassen kann. Nicht, dass ich es versuchen würde, aber er ist vorsichtig. Er macht ein paar schnelle Schritte rückwärts in Richtung Flur und ich folge ihm. Wenn er versucht zu fliehen, wird er sehr enttäuscht sein, dass ich ihn nicht laufen lasse.

„Zwei Mädchen haben sich krankgemeldet. Ein Drittes hat kürzlich gekündigt. Ich brauche Tänzerinnen und Tänzer, und Lucy hat einen verdammt heißen Körper. Hat sie auf der Bühne nicht toll ausgesehen?" scherzt Anton mit einem schiefen Grinsen. „Komm schon, Mann, danke mir dafür. Du weißt doch, dass du unbedingt ihre Titten und ihren Arsch sehen wolltest."

Ich verpasse Anton einen weiteren Schlag ins Gesicht, obwohl er versucht, sich zu ducken, ist er nicht schnell genug. In der Highschool habe ich Monate mit Ringen und Boxen verbracht. Ich kenne mich gut mit Kämpfen aus, egal ob sie schmutzig sind oder nicht. „Sprich nie wieder so über Lucy und als Tänzerin ist sie tabu."

„Warum?" Anton weiß nicht, wann er seine Klappe halten soll.

„Ich bin dein verdammter Chef. Ich mache die Regeln." Das sollte Grund genug sein.

Er rollt mit den Augen und ich halte mich zurück, um ihn nicht mit dem Knie in die Leiste zu treten, sodass er sich vor Schmerz krümmt. „Bleib weg von ihr. Sie gehört mir!" Ich drehe mich um und gehe zurück nach oben, wo ich vor der Tür meines Büros stehen bleibe.

Mein Herz hämmert in meiner Brust. Lucy steht gleich auf der anderen Seite der Tür und wartet auf mich. Ich schlucke meine Zweifel herunter, reiße die Tür auf und starre sie an. Sie trägt mein Jackett und sieht absolut fickbar aus.

Sie sitzt an der Kante meines Schreibtischs, die Beine leicht gespreizt, obwohl sie einen Tanga trägt, ist unter dem Jackett nicht viel zu sehen. Lucy ist unwiderstehlich.

Ich will sie ficken.

Ich schließe die Tür hinter mir und sie lehnt sich nach vorn, die Hände seitlich an die Kante des Holztisches gepresst.

Die Fick-mich-Pumps passen zu dem Ensemble. Vielleicht war Anton auf etwas aus, als er sie so herausgeputzt hat, um mit ihr anzugeben. Aber verdammt, ich will nicht, dass jemand anderes sie so ansieht, wie ich es tue, und es will, wenn ich sie ausziehe und sie verwöhne.

Ich sehne mich danach, dass sie meinen Namen schreit, während ich meinen Schwanz in sie stoße.

Sie atmet aus und schaut zu mir herüber. „Bin ich in Schwierigkeiten?" Ihre Wangen sind rosig, ihre grünen Augen dunkel vor Lust.

Gott, ich wünschte, es wäre ihre Schuld. Dann hätte ich einen Grund, sie über meinen Schreibtisch zu beugen und sie zu bestrafen. Aber sie ist nicht die Schuldige. Anton ist der Schuldige.

Ich gehe auf den Schreibtisch zu, verheddere meine Finger in ihren Haaren und schiebe ihr das Haar aus dem Gesicht. „Du bist nicht diejenige, die in Schwierigkeiten steckt, *Malish*", sage ich.

„*Malish*?", fragt sie und legt ihren Kopf leicht schief.

Ich traue mich nicht, ihr zu sagen, dass es ein Kosename ist, der Baby bedeutet. Sie gehört mir. Ich will sie nicht mit jemandem teilen. Ihr Atem reizt mich und ich beuge mich vor, küsse sie aber nicht.

Die Hitze zwischen uns könnte den ganzen Raum in Flammen setzen.

Ihr Atem wird tiefer. Sie ist erregt, und ob es nun am Tanzen liegt oder daran, dass wir uns so nahe sind, ich spüre, dass sie mich will. Wie ein läufiges Tier bin ich bereit, sie zu besitzen. Aber ich halte mich lange genug zurück, um sicherzugehen, dass ich es nicht bereuen werde. Ich zwinge ihr das nicht auf.

Sie arbeitet für mich.

Sie ist meine Angestellte und sie lebt unter Mikhails Dach. Lass uns die Dinge nicht noch komplizierter machen, als sie unter den gegebenen Umständen ohnehin schon sind.

„Willst du mich?", flüstert Lucy und streicht sich mit der Zunge über die Unterlippe. Ihre Stimme ist leise, kaum mehr als ein Flüstern, aber ich höre alles, was sie zu sagen hat und noch mehr, was sie mir ohne Worte mitteilt.

„Ich wollte dich, seit ich dich das erste Mal gesehen habe." Es ist keine Lüge. Im Club, als wir uns das erste Mal trafen, hätte ich sie am liebsten in meinem Büro gefickt. Die Fantasie ist immer noch da, ganz ursprünglich.

Sie packt mich an der Krawatte und zieht mich näher heran. Ihre Lippen bedecken meine, und ich lasse meine Hand ihren Mund näher heranführen, während meine andere Hand in meine Jacke wandert, den sie zwischen ihren Schenkeln trägt.

„Du bist feucht", flüstere ich und spüre, wie sie meine Zehen bedeckt. „Ist das vom Tanzen oder für mich?", frage ich.

Sie errötet und blickt auf meine Lippen, während ich über ihr stehe. „Du", ihre Worte sind weich und sexy. Sie werden mir zum Verhängnis.

Ich schiebe ihren Slip beiseite, um ihre Lippen zu kitzeln, und sie vergräbt ihr Gesicht in meinem Nacken. Ihr Stöhnen ist himmlisch und laut. Gott sei Dank ist die Musik unten laut, sonst hätte man ihren Schrei sicher gehört, trotz der fast schalldichten Wände.

Ich bedecke ihre Lippen, schiebe meine Jacke von ihrem Körper und reiße an dem glitzernden Höschen, das kaum ihre Schamlippen bedeckt. Ich will sie lecken, saugen und ihre Wärme schmecken, aber das kann warten. Im Moment ist das Bedürfnis, sie zu ficken, überwältigend.

Lucy macht eifrig mit und spreizt ihre Beine für mich, sodass ich einen Blick auf ihre glitzernde

Muschi werfen kann, während ich ihre Lippen necke und ihren Kitzler umkreise. Sie keucht und wackelt mit den Hüften, weil sie nicht stillhalten kann. Das Mädchen würde gut daran tun, gefesselt und gefickt zu werden.

Ihre Finger zerren an meinem Gürtel und versucht, die Schnalle zu lösen, aber sie ist praktisch hilflos, während ich sie unerbittlich reize und sie wild mache.

„Willst du, dass ich dich wie ein braves kleines Mädchen ficke?", frage ich.

Ihre schweren Augenlider öffnen sich und sie nickt, während sie nach Atem ringt. „Ja, bitte."

Ich bin nicht bereit, einem unserer Bedürfnisse nachzugeben. Ich möchte, dass sie auf mich vorbereitet ist, wenn ich in sie eindringe. Ich löse meine Gürtelschnalle und lasse meine Hose fallen. Ich ziehe meine Hose aus und gleite mit zwei Fingern in ihr warmes Inneres. Sie spannt sich an und ihre Hüften bewegen sich im Gleichklang.

„Du sollst noch nicht kommen", befehle ich.

Lucy wimmert aus Protest.

„Nicht ‚bevor ich dich mit meinem Schwanz ficke",
sage ich.

„Bitte, bitte, fick mich." Sie ist unruhig und heiser.
Ihre Stimme klingt bedürftig, und ihr Körper
antwortet genauso. Eine schöne Röte bedeckt ihre
Brust, ihre Wangen, bis hinunter zu ihrer
glitzernden, geschwollenen Muschi.

Sie riecht unglaublich, nach Sex. Ich will sie
schmecken, sie berühren, sie ficken.

Mein Schwanz pocht und ich will sie ausfüllen und
in ihr enges kleines Loch eindringen und hören, wie
sie mich anfleht, sie kommen zu lassen.

Alles andere um uns herum verschwindet. Die Welt
hört auf zu existieren, während die Lust uns beide
verschlingt. Ich beuge mich hinunter, schiebe das
Pailletten-Dreieck beiseite und nehme ihre
Brustwarze in den Mund, bevor ich meinen
Schwanz in ihre Wärme stoße.

Ihre Fingernägel graben sich in meine Schulter und
markieren mich. Beansprucht sie mich als ihr
Eigentum?

Sie ist die Einzige, die ich will. Kein anderer Mann wird sie jemals wieder berühren. Ich habe vor, sie für immer zu meinem Eigen zu machen.

Ich ficke sie und höre auf ihr süßes Stöhnen und Keuchen. Die einzigen Geräusche, die meine Ohren erreichen, sind ihre, als sie sich um mich herum zusammenzieht und zuckt.

Lucy fühlt sich so gut an, so eng und warm. Ihr Zittern bringt mich näher an den Rand des Abgrunds. „Scheiße", murmle ich und versuche alles, um noch ein wenig länger durchzuhalten. Ich will nicht, dass das hier endet, sie verdient den besten Fick ihres Lebens.

„Komm mit mir", flüstert Lucy mir ins Ohr und meine Erektion pulsiert, mein Inneres ist fast bereit, bei ihren Worten zu explodieren.

Es ist wie ein Feuerwerk, ein Crescendo, das auf dem Höhepunkt explodiert und ausbricht.

Nur, dass es nicht nur ein Feuerwerk ist.

Es sind Schüsse.

Es gibt Schüsse und Schreie. Der Einwegspiegel aus Glas wird von Kugeln und Schreien durchlöchert, die von unten kommen, während das Glas zerspringt und zersplittert.

Ich schütze Lucy mit meinem Körper vor dem Ansturm von Schüssen, Glas und Schrapnellen, die durch das Büro fliegen, und ziehe sie zu Boden, um sie zu schützen.

„Was ist hier los?" Ihre Stimme zittert, und ich gebe ihr meine Jacke, die sie tragen soll, während sie unter meinem Schreibtisch kauert.

Ich ziehe meine Hose hoch, als die Mafia durch die Bürotür stürmt und die Waffen auf uns richtet. „Du kommst mit uns", schreit Otello. Sein italienischer Akzent ist hart und rau, als er seinen Männern zu verstehen gibt, Lucy und mich zu packen.

Sie stülpen mir einen schwarzen Stoffsack über den Kopf, sodass ich nichts mehr sehen kann, während meine Arme hinter den Rücken geschoben und mit Metallhandschellen gefesselt werden. „Wage es nicht, sie anzufassen!", schreie ich Otello an. „Ich bringe dich um!"

Er lacht und hat nicht die geringste Angst vor meiner Drohung.

Ich werde die Treppe hinunter geschleift. Ich nehme an, dass Lucy direkt hinter mir ist, aber mit dem dicken schwarzen Sack über meinem Kopf kann ich nichts sehen. Ich erkenne die Richtung, in die wir gehen, nämlich zur Hintertür hinaus. Die Musik dröhnt immer noch aus den Lautsprechern, aber der Bereich ist geräumt. Liegt der Boden mit Leichen übersät? Ich stolpere in der Dunkelheit über etwas.

Wie viele Menschen haben sie umgebracht, um meine Aufmerksamkeit zu erregen?

Wir werden nach draußen gedrängt. Der Bürgersteig ist rau und grobkörnig. Einer der Männer reißt eine Fahrzeugtür auf und ich werde hineingestoßen. Ich befinde mich auf dem Rücksitz eines Lieferwagens, der Metallboden ist unter meinen Füßen. Ich versuche, mich aufzusetzen und höre, wie Lucy sich gegen die Männer wehrt und um ihre Freiheit kämpft. Es klappt nicht. Es sind zu viele Männer.

Einen Moment später ist sie mit mir auf dem Rücksitz eingesperrt. „Nikita?", ihre Stimme schwankt und ich atme aus und versuche, ruhig zu bleiben.

„Ja", sage ich und atme schwer aus. „Bleib ruhig. Ich werde uns aus dieser Situation herausholen."

„Wie?" Lucy quiekt. Angst liegt in ihrer Stimme, ihrem Atem und dem leichten Rasseln der Handschellen, während sie zittert.

„Versuch einfach zu atmen", sage ich. Sie muss ihre Energie aufsparen, wenn wir kämpfen müssen. Es besteht kein Zweifel daran das wir kämpfen müssen, um zu überleben, denn die Mafia wird uns nicht einfach so davonkommen lassen.

„Hast du einen Plan?" Ihre Stimme zittert und sie stößt einen lauten Seufzer aus, während sie versucht, ihre Atmung zu beruhigen.

Einen Plan? Wie wäre es damit, nicht getötet zu werden? Ich spreche den Witz nicht laut aus. Ich bezweifle, dass sie ihn besonders lustig finden würde, während wir hinten im Van der Mafia gefesselt sind. Ich bewege mich nach vorn und ziehe mir den Sack vom Kopf, um zu sehen, womit wir es zu tun haben.

Der Lieferwagen ist schwach beleuchtet, und hinten ist ein schmutziges Fenster. Der Boden ist aus Metall. Im hinteren Teil des Wagens sind nur wir beide und nichts, was als Waffe benutzt werden könnte.

Ich drehe mich herum und schaffe es, mit den Händen auf dem Rücken den Stoffbeutel von Lucys Kopf zu reißen.

„Danke", sagt sie und blickt zu mir auf. „Weißt du zufällig, wie man ein Schloss knackt?"

Ich werfe einen Blick aus dem schmutzigen Fenster, das Sonnenlicht spiegelt sich in dem kleinen Raum und ich versuche, unseren Standort zu bestimmen. Wir sind nicht weit gefahren. Wo bringen sie uns hin?

„Können wir rausspringen?", fragt Lucy.

Sie ist mutig.

„Wir fahren zu schnell", sage ich, als ich merke, dass wir auf den Highway fahren. „Ist mein Handy noch in meiner Jackentasche ?", frage ich. Lucy hat meine Jacke um ihren Körper gewickelt.

„Meine Hände sind im Moment etwas gefesselt."

„Was du nicht sagst." Ich pirsche mich an sie heran und halte inne, als das Fahrzeug sich ruckartig zur Seite neigt. Der Fahrer wechselt die Spur, schneidet ein anderes Fahrzeug und ich falle direkt auf Lucy.

Sie liegt auf dem Rücken, und ich liege auf ihr. Ich würde mich entschuldigen, aber die Lage tut mir nicht so leid, sondern nur, dass wir in dieser Situation sind, die nicht im Geringsten meine Schuld ist. Ich habe die Mafia nicht in den Club gebracht.

Wo zum Teufel ist Anton? Ist er tot? Mit der verdammten Tüte über dem Kopf konnte ich niemanden sehen. Sie hätten mich töten sollen, denn wenn ich mit ihnen fertig bin, sind sie alle tot - jeder Einzelne von ihnen.

„Nikita, bitte sag mir, dass das eine Waffe in deiner Tasche ist." Ein schwaches Lächeln huscht über ihr Gesicht.

„Du machst Witze in so einem Moment?" Ich bin schockiert, dass sie in einer so dunklen Situation ein wenig Sonnenschein finden kann.

Ich klettere von ihr herunter, was mit meinen Händen auf dem Rücken keine leichte Aufgabe ist. Ich knie neben ihr, als sie sich setzt und sich mit dem Rücken an die Wand des Fahrzeugs lehnt. Die Verkleidung klappert, als sie mit ihren metallenen Handschellen dagegen stößt.

Das Kratzen von Metall auf Metall ist unangenehm.

„Meinst du, ich kann die abmachen?"

„Nein", sage ich. Ohne einen Dietrich oder einen Schlüssel gehen sie nicht auf. Ihre Handgelenke gegen die Metallverkleidung zu schlagen, wird sie nur verletzen. „Verschwende deine Energie nicht."

„Ich kann nicht einfach hier sitzen und darauf warten, dass sie uns töten", sagt Lucy. Sie ist verzweifelt, und ich kann es ihr nicht verdenken. Es ist nicht irgendjemand, der uns mit vorgehaltener Waffe entführt hat. Es ist die Mafia.

Wenn es möglich ist, dass Anton entkommen konnte, hat er vielleicht Mikhail angerufen und Verstärkung angefordert? „Ich muss an mein Handy", sage ich und erinnere sie daran, dass sie mein Gerät in meiner Jackentasche versteckt hat.

„Nur zu", sagt sie und fixiert mich mit ihrem Blick. Sie leckt sich über die Lippen, obwohl ich eigentlich nicht erregt sein sollte, scheint Lucy mir immer unter die Haut zu gehen und mich zu erregen. Egal, ob es beabsichtigt ist oder nicht.

Mit dem Rücken zu ihr öffne ich mit meinen gefesselten Händen die Jacke, die sie trägt. Meine

Finger streifen ihre nackte Haut, und sie atmet scharf ein. Ich versuche nicht, sie zu verführen, aber mit dem Rücken zu ihr kann ich nichts sehen und meine Finger streichen über ihre weiche Haut, während ich nach meiner Jackentasche suche. „Du bist ein wenig zu tief", sagt sie in mein Ohr, „höher."

Sie gibt mir Anweisungen und ich schwöre dir, wenn das hier Sex wäre, hätte sie mein Ego mit ihrem Auf- und Ab-, Links- und Rechts-Fiasko umgebracht, als sie mich schließlich zu meiner inneren Jackentasche führt.

Ich habe das Gefühl, dass sie das ein bisschen zu sehr genossen hat. Ich fummele an meinem Telefon herum und gebe es dann auf, stattdessen wähle ich Mikhail an, um Hilfe zu bekommen.

„Hättest du nicht zuerst Siri um Hilfe bitten können?",scherzt Lucy.

„Nicht witzig", murmle ich. Aber das ist egal, denn der Anruf wird aus irgendeinem Grund nicht durchgestellt. „Sie müssen das Signal stören."

„Wie? Wir bewegen uns doch."

„Sie könnten eine Art Störsender auf dem Van haben." Ich sehe nichts im hinteren Teil des Wagens, aber es könnte vorn sein oder an der Außenseite angebracht sein.

Der Van verlässt den Highway und der Fahrer wird erst in der Kurve langsamer, als er auf die Bremse treten muss.

Eine Ampel?

Ich nähere mich dem hinteren Fenster, schaue mir die Landschaft an und versuche, unseren Standort zu bestimmen. Der Wagen ruckelt vorwärts und wir sind wieder auf dem Weg. Aber dieses Mal fahren wir abseits der Straße und über eine Reihe von Bahngleisen.

Mir dreht sich der Magen um, als ich aus dem Fenster schaue. „Steh auf", befehle ich Lucy, und sie kämpft sich auf die Beine.

Wo zum Teufel bringen sie uns hin?

Wir befinden uns immer noch auf den Gleisen. Unsere Geschwindigkeit scheint gleich zu bleiben, als wir eine Tür zuschlagen hören.

Ist der Fahrer gerade abgehauen?

War es Otello oder ein anderer von Antonios Handlangern?

Ein weiteres Fahrzeug, ein schwarzer Geländewagen, wartet im rechten Winkel zu uns, als wir an ihm vorbei auf die Gleise rasen.

Mist.

„Wir müssen die Tür aufbekommen." Ich drehe mich um, mit dem Rücken zur Wagentür, aber sie ist verschlossen. Ich erwarte nicht, dass es einfach ist. Die Mafia wird uns nicht so einfach davonkommen lassen. Nicht, wenn es nach ihnen geht.

Ich greife mit meinen gefesselten Handgelenken nach dem Türgriff, aber er bewegt sich nicht. An der Hintertür eines Lieferwagens gibt es keine Kindersicherung, aber die Mafia muss etwas getan haben, um die Tür von innen zu verriegeln.

Ich drehe mich um und schlage mit meinem ganzen Körpergewicht, mit der Schulter voran zu, um die Scheibe einzuschlagen. Die Scheibe zerbricht nicht beim ersten Schlag, aber beim dritten. „Du musst herausklettern", sage ich zu Lucy.

„Ich passe da nicht durch!"

Die Pfeife eines Zuges ertönt und Lucys Stimme hebt sich eine Oktave an. „Nikita, war das das, was ich denke?"

„Da kommt ein Zug direkt auf uns zu."

Auch sie spürt die Dringlichkeit und die Gefahr. Ich kann die Richtung, in die wir fahren, nicht sehen, aber ich bin sicher, dass der Zug direkt auf uns zukommt. Es gibt nur ein paar Gleise.

Es gibt nur eine andere Möglichkeit. Wir durchbrechen die Barriere zum Fahrersitz und lenken das Fahrzeug von den Gleisen. „Wir müssen in das Fahrerhaus gelangen, sobald wir drin sind, brauche ich dich auf meinem Schoß. Du musst lenken, während ich deine Augen bin."

Ihr Mund bleibt offen stehen, als ich so viel Anlauf wie möglich nehme und mit der Schulter und dem Körper gegen die Trennwand stoße, die den Van vom Heck trennt. Es gibt eine ordentliche Delle und einen Lichtstrahl . Das Metall ist biegsam und nicht wie die verstärkte Tür. Ich ignoriere den stechenden Schmerz und die brennende Verletzung an meiner Schulter, als ich die Bewegung wiederhole und dieses Mal zum Fahrersitz durchbreche.

Die Kabine ist leer.

Nicht, dass ich erwartet hätte, dass Antonio oder einer seiner Männer hiergeblieben wären. Sie sind gesprungen, als es noch genug Gelegenheiten gab, und mit dem schwarzen Geländewagen weggefahren, weil sie nicht für unseren Tod oder die drohende Katastrophe verantwortlich gemacht werden wollen.

Der Wagen ist auf Tempomat eingestellt und ich klettere auf den Fahrersitz, die Hände hinter dem Rücken. Wenn ich auf die Bremse trete, wird das nicht reichen. Der Zug kommt immer näher. Die Hupe schreit uns an, wir sollen aus dem Weg gehen.

Kein Scheiß.

Lucy ist bereit und verschwendet keine Sekunde, während sie auf meinem Schoß sitzt und ihre Hände das Lenkrad ergreifen. Auf beiden Seiten der Gleise ist eine Mauer. „Lenke nach links", sage ich, als wir von den Gleisen abbiegen und den schmalen Weg zwischen der Mauer und dem heranrasenden Zug nehmen. Ich trete auf die Bremse und der Beifahrerspiegel prallt gegen die Backsteinmauer.

Sie keucht, ihre Brust hebt sich, als sie ungewollt gegen meine Oberschenkel schaukelt. „Ist es vorbei?"

Ich werfe einen Blick in den Rückspiegel. In der Ferne kommt der schwarze Geländewagen auf uns zu. „Ich wünschte, es wäre so, *Malish*", sage ich. „Du musst nur versuchen, so geradeaus zu fahren, wie du kannst."

Ich trete aufs Gas und bewege den Wagen vorwärts. „Ein wenig nach rechts", sage ich, während ich ihr den Weg zeige und versuche, den schmalen Pfad zwischen dem Zug und der Mauer zu finden. Als der Zug an uns vorbeisaust, trete ich noch stärker aufs Gas, als die Mafia immer näher kommt.

„Sie kommen immer näher!" Lucy ist nicht die Einzige, die sich Sorgen macht, auch wenn ich weder ihr noch sonst jemandem gegenüber meine Befürchtungen äußere.

„Es ist alles in Ordnung. Wir haben das im Griff", versuche ich sie zu beruhigen. „Etwas nach links", sage ich und zeige ihr, wie sie lenken soll, während wir die Gleise entlangrollen, bis wir eine Lücke in der Wand und eine offene Straße erreichen. „Hart nach rechts", sage ich, als wir von den Gleisen abbiegen.

Vor uns liegen Dutzende von Gleisen und eine weitere Mauer, die viel höher ist als die letzte am

Ende der Straße.

Verdammt!

Der Rangierbahnhof.

Aussteigen und weglaufen ist keine Option. Wir können der Mafia nicht entkommen, wenn uns die Hände auf dem Rücken gefesselt sind. „Lucy, du musst das Lenkrad ganz herumdrehen."

„Was?" Ich schwöre dir, ich spüre ihr Herz gegen meins schlagen, während sie auf meinem Schoß zittert.

„Wir müssen umdrehen", sage ich. „Das ist eine Todesfalle." Wenn wir hier bleiben, sind wir so gut wie tot. Entweder tötet uns die Mafia oder ein anderer Zug knallt in unser Fahrzeug.

Sie atmet schwer aus und scharf ein. „Wann?"

Ich gebe ihr einen Moment Zeit, bis ich sicher bin, dass wir bereit sind, und als ich auf die Bremse trete, rufe ich: „Jetzt!"

Sie dreht das Lenkrad durch ihre Hände und ich trete auf die Bremse und danach auf das Gaspedal, während wir uns drehen. Wir sind ein gutes Team, auch wenn unsere Fahrweise etwas holprig ist. Was erwartest du, wenn zwei Menschen in Handschellen gefesselt sind?

„Etwas nach rechts", sage ich und dirigiere sie, während wir an dem schwarzen Geländewagen vorbeirauschen, der uns verfolgt. Mein Fuß ist schwer wie Blei und ich drücke das Gaspedal durch, während wir über Dutzende von Bahngleisen rasen, darunter ein Gleis, wo ein Zug direkt auf uns zukommt.

Ich atme nervös aus, drücke das Gaspedal durch und wir schlängeln uns vorbei, bevor der Zug über die Gleise rauscht. Wir entgehen nur knapp, dass wir von dem Zug überrollt werden.

Sie keucht, und mit jedem Atemzug hebt sich ihr Brustkorb—Lucy zittert an mir. Ich gebe weiter Gas, mit einem kurzen Blick in den Rückspiegel erkenne ich, dass der Zug Antonios Männer davon abgehalten hat, uns weiter zu verfolgen. Das hat uns Zeit verschafft. Das ist mehr, als ich mir unter den gegebenen Umständen erhoffen konnte.

„Was jetzt?", fragt sie und starrt mich an. „Wir müssen deinen Bratva-Anführer warnen. Werden sie nicht hinter meinem Sohn her sein?"

Im Van können wir nicht telefonieren und ich warte, bis wir die Verfolger abgehängt haben und wieder in der Stadt in einem alten, verlassenen Lagerhausviertel sind, um den Motor zu verlangsamen und anzuhalten.

„Wir halten an?"

„Du hast recht. Ich muss Mikhail anrufen, und wir müssen die Handschellen los werden."

„Hast du eine Idee?", fragt sie.

„Mach die Tür auf", sage ich. Sie bewegt ihre Hüften und lässt ihre Hände den Türgriff finden, um daran zu zerren.

Ich stoße die Tür mit dem Fuß ganz auf. Ich bin wachsam. Adrenalin pumpt durch meinen Körper, während ich sicherstelle, dass wir nicht verfolgt oder beobachtet werden. Vielleicht ist ein Peilsender an dem Van angebracht, wenn das der Fall ist, haben wir nur ein paar Minuten Vorsprung.

„Steig aus", befehle ich und sie braucht einen Moment, um sich von meinem Schoß auf den Bürgersteig zu winden. „Komm zur Beifahrertür und klappe das Handschuhfach auf." Ich benötige ihre Hände, und ich werde ihre Augen sein.

Hoffentlich gibt es ein Werkzeug oder eine Waffe, mit der ich mich aus diesen verdammten Handschellen befreien kann.

Lucy manövriert sich um den Van herum und drückt mit dem Rücken zur Tür den Griff auf um sie aufzuziehen. „Ich werde froh sein, wenn ich aus den Handschellen rauskomme", sagt sie. Lucy ist verzweifelt. Das muss an der Verfolgungsjagd liegen und daran, dass sie versucht hat, der Mafia zu entkommen.

Ich kann es ihr nicht verdenken. Ich bin auch nicht scharf darauf, über die Schulter zu schauen und mir Sorgen zu machen, dass wir wieder verfolgt werden.

Sie schafft es, das Handschuhfach zu öffnen. „Irgendetwas?", fragt sie und dreht sich um, um einen Blick auf den Inhalt zu werfen.

„Nimm das Messer", sage ich.

Es ist eher eine Art Leatherman mit mehreren Werkzeugen. Eines davon sollte mir helfen, die Handschellen aufzubrechen, auch wenn ich die Glieder auseinanderschneiden muss, um meine Hände zu trennen.

Sie eilt um den Wagen herum und reicht mir von hinten das Werkzeug. Ich drehe mich um und greife nach dem Werkzeug.

„Glaubst du, es wird funktionieren?", fragt sie.

Ohne Zweifel, wenn wir nichts tun, sind wir am Arsch. „Ich habe keine andere Wahl oder andere Möglichkeiten. Ich hantiere mit dem Werkzeug herum und probiere verschiedene Möglichkeiten aus, bevor ich das Schloss mit der Messerspitze knacke.

Das Metall fällt auf den Boden und ich atme erleichtert auf.

„Mach es mir", sagt Lucy.

Ich verziehe das Gesicht zu einem Grinsen. Ja, ich würde gerne mehr tun, als nur das Schloss an ihren Handschellen zu knacken.

Aber war es nicht das, was uns in diesen Schlamassel gebracht hat?, Dass ich nicht auf den Club aufgepasst habe und die Mafia den Laden in die Luft jagen konnte.

„Dreh dich um", befehle ich und sie dreht mir den Rücken zu.

Ich packe ihre Arme, ziehe sie näher an mich heran und begutachte ihre Handschellen. Während ich mit der Spitze des Messers herumfummle, und sie in das Schlüsselloch schiebe, übe ich genug Druck darauf aus, um den Riegel zu lösen.

„Danke", flüstert Lucy und dreht sich um. Sie reibt sich die Handgelenke, das Metall baumelt und fällt auf den Boden.

„Wir müssen zurück auf das Gelände", sage ich. Auf dem Dach ist ein kleines Gerät angebracht, ich reiße die verdammte schwarze Box ab und werfe sie auf den Boden. „Geh zurück in den Van."

„War das ein Peilsender?", fragt Lucy.

Ich schlage die Fahrertür zu, sie eilt zurück zur Beifahrerseite und klettert hinein.

In dem Moment, in dem sich die Tür schließt, trete ich aufs Gas und presche los um unser Ziel zu erreichen. „Wahrscheinlich ein Störsignal." Ich versuche es noch einmal mit meinem Handy und schaffe es diesmal, Mikhail zu erreichen. Während der Fahrt lasse ich das Gespräch auf Lautsprecher laufen.

„Wo zum Teufel bist du?", fragt er, als er ans Telefon geht und meine Nummer erkannt hat.

„In der Nähe des Rangierbahnhofs." Mehr kann ich nicht sagen. Ich schlängle mich durch Seitenstraßen und bringe uns zurück auf den Highway. Es gibt keine Anzeichen dafür, dass Antonios Männer uns folgen, ich kann aber nicht sicher sein, dass sie fertig sind und uns in Ruhe lassen werden.

„Ich bin froh, dass du noch lebst. Und das Mädchen?" fragt Mikhail.

„Sie ist bei mir", sage ich und werfe einen Blick auf Lucy, bevor ich meine Aufmerksamkeit wieder auf die Straße richte. „Antonios Männer könnten versuchen, das Gelände zu infiltrieren oder anzugreifen. Sie werden wahrscheinlich nicht aufgeben", sage ich.

„Wir haben Zion hier in Sicherheit gebracht." Mikhail schweigt einen Moment, bevor er fortfährt. „Du solltest wirklich dein Ziel überdenken."

Ich räuspere mich. „Welches denn?"

„Das Mädchen zu heiraten", sagt Mikhail.

„Er hat schon gefragt. Ich habe abgelehnt", sagt Lucy.

Ich schwöre, ich kann das Grinsen auf Mikhails Gesicht sehen. „Nun, du solltest es dir noch einmal überlegen. Du scheinst weder Nikitas Leben noch dein eigenes zu schätzen, aber dein Sohn sollte seine Mutter nicht in einem so jungen Alter verlieren. Wer würde sich um ihn kümmern, wenn du tot wärst?"

Ich weiche Lucys erhitztem Blick aus. Sie hat ihre Aufmerksamkeit ganz auf mich gerichtet, während sie Mikhail am Telefon zuhört. Sie schweigt und verschränkt die Arme vor der Brust. Das Mädchen ist so trotzig wie nur möglich.

„Bringt Zion in Sicherheit. Wir sind auf dem Weg zurück zum Gelände." Ich beende das Gespräch und Lucy rutscht unruhig auf dem Vordersitz hin und her. Sie fühlt sich genauso unwohl wie vorher, als sie die Handschellen trug, aber dieses Mal ist es ihre eigene Schuld.

„Ich kann nicht glauben, was er vorgeschlagen hat", murmelt Lucy.

Ihr Tonfall ist gereizt, sie ist frustriert und wütend, und sie hat jedes recht, wütend zu sein.

Nur nicht auf mich.

Das war nicht meine Schuld, auch wenn ich im Büro unvorsichtig war, habe ich nicht die Mafia auf Lucy angesetzt.

„Wir versuchen alle, auf dich aufzupassen", sage ich.

„Es ist mir egal, was mit mir passiert. Ich sorge mich um Zion." Sie macht sich Sorgen um ihren Sohn, und das zu Recht. Die Mafia wird nicht aufhören, bis sie bekommen, was sie wollen. Ich bin mir nur nicht mehr sicher, was sie eigentlich wollen. Ich dachte, es wären der USB-Stick und die Aktienzertifikate, aber Lucy hat diese Dinge nicht und wird sie auch nicht bekommen, um sie Antonio oder Aleksandra zu übergeben.

„Gibt es etwas, das du mir nicht sagst?" Ich schaue sie an, während ich versuche, mich auf die Straße zu konzentrieren. „Bei dem Gemälde geht es nicht mehr nur darum, was darin war." Wenn das der Fall wäre, wären sie hinter Mikhail und den Bratvas her und hätten Lucy und ihre Familie schon aufgegeben. Sie sind wild entschlossen, sie zu töten, was bedeutet, dass es noch etwas anderes gibt, was schlimmer ist.

Die Mafia ist ein Killer, aber sie ist normalerweise auf Vergeltung und Rache aus. Sie sind nicht annähernd so skrupellos wie wir Bratvas. Wir würden eher in Blut baden als die Mafia. Das scheint nicht die ganze Geschichte zu sein. Es gibt etwas, das Lucy vor mir verbirgt.

„Nein", flüstert sie und blickt aus dem Seitenfenster. Sie knirscht mit der Unterlippe zwischen ihren Zähnen.

Ich würde den Van anhalten, wenn ich nicht Angst hätte, dass die Mafia uns einholen könnte. Selbst wenn sie uns nicht verfolgen, müssen sie auf dem Weg zum Gelände sein. Sie werden uns nicht am Leben lassen, nicht nach der Sache mit dem Zug.

„Lüg mich nicht an", knurre ich und werfe einen Blick in ihre Richtung.

Sie atmet scharf ein. „Du hast mich nach dem Vater meines Sohnes gefragt."

Ich schwöre, wenn der Vater Antonio ist, bringe ich ihn persönlich um. „Ja", sage ich und lasse sie ausreden, was auch immer sie mir sagen will.

„Zion ist ein Samenspender-Baby", sagt Lucy. „Das soll vertraulich bleiben. Der biologische Vater darf nicht einmal wissen, dass er ein Kind hat und auch keine Rechte an dem Kind haben, aber irgendwie hat er es herausgefunden."

„Und er ist ein Mafioso?"

„Er will das volle Sorgerecht für Zion und mich tot sehen."

„Das ist Wahnsinn." Ich verlasse den Highway und wir fahren in die Stadt. Der Verkehr fließt langsam. Es spielt keine Rolle, wie spät es ist. „Wer ist der biologische Vater?" Ich muss wissen, womit wir es zu tun haben.

„Otello Valentino", sagt Lucy. „Kennst du ihn?"

„Der Typ ist ein verdammter Säufer. Er will ein Kind großziehen?" Ich schlage meine Handfläche gegen das Lenkrad. „Er wird auf keinen Fall in die Nähe deines Sohnes kommen."

„Er ist in der Nacht, in der ich dir deinen Schlüssel gestohlen habe, im Motel aufgetaucht, bevor ich über das Tor geklettert bin", sagt Lucy.

Ich balle meine Hände zu Fäusten und mein Magen krampft sich zusammen. „Und?" Ich bin mir nicht sicher, ob ich wissen will, was als Nächstes passiert. „Wenn er dich angefasst hat, bringe ich ihn um."

„Hat er nicht", sagt Lucy. „Ich meine, nicht auf diese Weise. Er hat mich bedroht und mir gesagt, dass er mir mein Kind wegnimmt, wenn ich nicht die im Gemälde versteckten Gegenstände stehlen würde, als wäre es sein Eigentum!

Ich steuere durch die Seitenstraßen, um den Verkehr auf der Hauptstraße zu vermeiden. „Und?"

„Und er ist ein Arschloch!" Lucy schüttelt sich mit aller Kraft. „Ich würde ihn am liebsten mit bloßen Händen umbringen."

Da ist sie nicht die Einzige. Ich würde ihn auch gerne umbringen. „Und was ist mit Aleksandra und Antonio?", frage ich. Ich muss wissen, wie weit die Mafia geht. Otello hat eindeutig nicht allein gearbeitet. Wussten sie von der Verbindung zu dem Kind?

„Alles, was ich dir gesagt habe, ist die Wahrheit. Ich bin ihnen versehentlich über den Weg gelaufen, als ich versucht habe, ein guter Samariter zu sein", murmelt sie leise vor sich hin. „Die Mafia verlangte, dass ich den Inhalt des Gemäldes stehle. Sie konnten keinen Fuß auf dein Grundstück setzen, ohne den Waffenstillstand zu brechen, aber ein Außenstehender schon."

„Und Otello?", frage ich. „Wie passt er in dieses Szenario?"

„Aleksandra und Antonio wollten den Inhalt des Gemäldes haben, das war aber alles Otellos Plan. Er hat sie überzeugt, mich in die Arme der Bratva zu schicken. Zuerst befahl er mir im Club über dich zu stolpern, um deinen Schlüssel zu stehlen und in dein Haus einzubrechen. Er hoffte, ich würde erwischt werden und du würdest mich töten. Du würdest dich um sein kleines Problem kümmern. Töte mich, und Zion gehört ihm."

Ich werde diesen Bastard umbringen.

„Tja, da hat er sich aber gewaltig geirrt", sage ich. Es ging nie um das Geld, zumindest nicht für Otello. Antonio und Aleksandra haben nur wegen des Geldes mitgespielt. „Wir müssen auf das Gelände. Es gibt nur einen Ausweg aus diesem Schlamassel", sage ich.

„Und der wäre?"

„Heirate mich."

ELF

Lucy

„Wie hilft es mir, wenn ich dich heirate?" Ich verstehe immer noch nicht, warum er so versessen darauf ist, den Rest seines Lebens mit mir zu verbringen. Es sei denn, er rechnet nicht damit, dass es für längere Zeit sein wird.

Wir halten vor den Toren und der diensthabende Wächter lässt uns den Kofferraum öffnen um hineinzuschauen. Der Wachmann öffnet die Türen und lässt uns eintreten, da wir nur zu zweit sind.

Nikita hat meine Frage nicht beantwortet. Er parkt den Van vor der Tür und kümmert sich nicht darum, das Fahrzeug zu verstecken. Ich nehme an, die Mafia weiß, dass die Bratva hier wohnt.

Ich steige auf der Beifahrerseite aus und folge Nikita durch den Vordereingang ins Haus. Ich will meinen Sohn sehen. Ich muss wissen, dass Zion in Sicherheit ist. Er führt mich die Treppe hinauf ins Spielzimmer, wo Madisyn und Hannah auf einem Sofa an der Wand sitzen. Die Kinder spielen, ohne die Gefahr zu bemerken, die vor den Mauern des Gebäudes lauert.

Zion ist in Sicherheit.

Ich atme einen Seufzer aus, den ich unterdrückt hatte, als er in meine Arme rennt und mich festhält, als würde sein Leben davon abhängen. „Wie war dein Spielabend?", frage ich, beuge mich zu ihm herunter und nehme ihn in meine Arme. Er ist groß, fast zu groß, um von mir getragen zu werden, aber er liebt es trotzdem und im Moment will ich wissen, dass er in Sicherheit ist.

Ihn nur zu sehen, ist nicht genug. Er ist mein Kind. Ich muss ihn beschützen.

„Spaßig", sagt Zion. „Wir haben Eiscreme-Sandwiches gegessen!"

„Ach, wirklich?" Ich lache über sein beidäugiges Grinsen. Der Junge muss immer noch auf einem Zuckerrausch sein. Er windet sich aus meinem Griff und ich setze seine Füße wieder fest auf den Boden.

„Ich hoffe, es war in Ordnung, ihm Eis zu geben", sagt Hannah. „Ich wollte einen Snack und er hat gesehen, was ich gegessen habe."

„Ist schon in Ordnung. Danke, dass ihr beide auf ihn aufgepasst habt." Ich stolpere nach vorn und falle auf das Sofa, wo ich neben den beiden jungen Frauen sitze. Sie scheinen alles im Griff zu haben. Ich? Ich bin völlig durcheinander.

Werde ich Nikita heiraten?

Ich muss Zion in Sicherheit bringen und ich kann mir keinen anderen Plan vorstellen, der funktionieren wird. Ich hoffe, dass die Mafia uns in Ruhe lässt, sobald ich Teil der Bratva bin.

„Morgen gehen wir als Erstes zum Gericht und heiraten."

„Gibt es keine Wartezeit?", frage ich. Es ist nicht so, dass ich Nikita nicht heiraten will. Ich bin mir nur nicht sicher, ob der Plan so gut ist, wie er denkt.

„Ja, aber es sind nur vierundzwanzig Stunden, und der Richter ist bereit, die Wartezeit aufzuheben."

„Du kennst den Richter?" Das sollte mich nicht überraschen, wenn man bedenkt, wie weit die Bratva die Stadt beherrscht, aber es ist trotzdem ein Schock.

„Wen kennen wir nicht?",sagt Nikita mit einem schiefen Grinsen. Er schaut mich von oben bis unten an. „Aber wir müssen diese Hochzeit so überzeugend gestalten, als wären wir wahnsinnig verliebt."

Ich bin keine gute Schauspielerin, aber ich glaube nicht, dass es so schwer sein wird, so zu tun, als ob ich Nikita mag. Er sieht gut aus und allein die Vorstellung, mit ihm ins Bett zu gehen und zu sehen, was sich unter seiner Kleidung verbirgt, zaubert mir ein Grinsen ins Gesicht. „Ich werde mein Bestes tun."

Allerdings haben wir noch nicht über die Schlafmöglichkeiten gesprochen, geschweige denn über andere Faktoren.

Wird er erwarten, dass ich mit ihm schlafe, wenn wir verheiratet sind? Ich presse meine Lippen aufeinander, aber ich spreche meine Frage nicht aus, nicht vor Hannah und Madisyn und schon gar nicht vor meinem Sohn. Manche Dinge sollte man unter vier Augen besprechen.

„Moment mal, ihr beide wollt heiraten?" Hannahs Kinnlade fällt herunter, als sie versucht, unsere Diskussion zu verstehen.

Nikita nickt entschlossen. „Sie ist in Gefahr, solange sie nicht Teil der Bratva ist. Die Italiener machen keinen Rückzieher."

„Und du hast versucht, ein Treffen mit den Italienern zu arrangieren?", fragt Madisyn. Sie blickt von Nikita zu mir. Ihre Stirn ist gerunzelt und ihre Unterlippe schäumt.

Entweder mag Madisyn mich nicht, oder sie will nicht, dass ich zur Familie gehöre. Ich kann sie nicht genau einschätzen, aber sie heißt mich nicht mit offenen Armen in der Familie willkommen.

„Otello ist der biologische Vater des Kindes." Nikita nickt in Richtung Zion.

Ich schätze seine Diskretion. Das ist aber kein Gespräch, das ich vor Zion führen möchte.

„Was soll das heißen?", fragt Zion.

Meinem Sohn entgeht nichts. Ich reibe ihm den Rücken und gebe ihm ein Zeichen, mit Kira und Bay zu spielen. „Das erkläre ich dir, wenn du älter bist."

Zion rollt mit den Augen und atmet tief durch, während er sich zu den Mädchen gesellt und mit ihren Spielsachen spielt. „Ich schwöre, der Junge ist schon ein Teenager." Ich bin mir nicht sicher, ob ich bereit sein werde, wenn diese Jahre kommen.

Nikita versucht, ein Lächeln auf seinem Gesicht zu verbergen. Er räuspert sich, und das Lächeln ist verschwunden. „Bis Otello tot ist, stehen Lucy und ihre Familie unter unserem Schutz."

„Ihr wollt ihn töten?" ,frage ich, und meine Stimme bleibt mir im Hals stecken. Ich will nicht, dass der Mann hingerichtet wird, aber ich möchte, dass er uns in Ruhe lässt.

Ist es das, was nötig ist, um sich sicher zu fühlen?

Ich bin keine Mörderin und ich habe auch nicht vor, einen zu heiraten. „Du kannst ihn nicht töten", sage ich, bevor Nikita Zeit hat zu antworten.

„Das muss ich auch nicht, wenn wir verheiratet sind", sagt Nikita. „Antonio respektiert den Waffenstillstand zwischen unseren verfeindeten Familien. Wenn du erst einmal Teil der Bratva bist, wirst du beschützt werden."

„Und meine Schulden bei den Italienern?", frage ich. „Ich gehöre ihnen."

„Nicht mehr." Nikita schreitet auf mich zu und schließt die Lücke zwischen uns. Seine Hand streicht mir eine verirrte Haarsträhne hinters Ohr. „Die Italiener werden dich nie wieder anfassen. Du wirst für uns arbeiten, und sie wissen, dass sie keinen Krieg mit der Bratva anfangen sollten."

„Für euch im Club arbeiten?" ‚frage ich. Gibt es den Club überhaupt noch? Außerdem war es nicht gut gelaufen, als sein Angestellter darauf bestand, dass ich tanze. Ich hatte noch nie die eifersüchtige und besitzergreifende Seite von Nikita gesehen. Ich mag es, wenn er mir seine Aufmerksamkeit schenkt.

Wird es so sein, wenn wir heiraten?

Nikita wirft einen Blick auf mich und dann auf die Mädchen. „Meine Braut benötigt ein Kleid für morgen. Habt ihr Mädels etwas, das sie sich ausleihen kann?"

———

Ich halte Nikitas Hand fest, als wir das Gerichtsgebäude betreten. Ich habe, gelinde gesagt, große Angst. Meine Hände zittern und ich versuche, nicht in Ohnmacht zu fallen wegen des weißen Spitzenkleides, das in Madisyns Kleiderschrank lag.

Es ist zwar kein Hochzeitskleid, aber es ist ganz passabel.

Nachdem wir den Gerichtssaal betreten haben, sprechen der Richter und Nikita miteinander, beide kennen sich.

„Nikita!", sagt der Richter. „Bist du sicher, dass du nicht im falschen Gerichtssaal bist?"

Sein Scherz verunsichert mich und ich halte Nikitas Hand fester. Ich tue das nicht aus Liebe oder Verpflichtung. Ich will einfach nur meine Familie beschützen.

Aber ist das der einzige Wunsch, den ich für die Ehe mit Nikita habe? Er war freundlich und großzügig und hat alles dafür getan, dass mein Sohn in Sicherheit ist. Er ist mir nach Chicago gefolgt, um mich zu beschützen. Ich kann mir nicht vorstellen, dass jemand anderes das jemals für mich getan hätte sich so sehr um mich zu kümmern.

Vielleicht ist das auf eine seltsame Weise Liebe.

Ich war noch nie verliebt, nicht auf die romantische Art. Ich hatte eine Menge Freunde und lausige Romanzen, aber ich war noch nie Hals über Kopf in einen Mann verliebt. Ich glaube nicht, dass so etwas bei mir funktioniert. Ich kann mich einfach nicht verlieben.

Außerdem ist das nicht Lust? Vielleicht ist es besser, wenn ich nicht ständig das Bedürfnis habe, den Mann zu ficken, den ich bald heiraten werde. So bleiben wir vernünftig, kommunizieren miteinander und verhindern vielleicht sogar, dass aus dieser albernen Ehe etwas wird, was nicht werden soll.

Aber wer bin ich, dass ich sagen kann, was werden soll und was nicht?

Nikita legt einen Arm um meine Taille und zieht mich näher heran. Ist das alles nur Show? Oder will er das wirklich, mich heiraten, um den Rest seines Lebens mit mir zu verbringen?

„Euer Ehren, es wäre mir eine Ehre, meine Verlobte, Lucy Quinn, zu heiraten."

„Und du willst diesen Mann, Nikita Krylova, heiraten?", fragt der Richter und richtet seine Aufmerksamkeit auf mich.

Denkt er, dass ich vielleicht unter Druck stehe? Er starrt mich an und wartet auf meine Antwort.

„Ja ich will, Euer Ehren", sage ich mit mehr Überzeugung, als ich für wahr halte.

Der Richter freut sich über meine Antwort, hebt die vierundzwanzig stündige Wartezeit auf und lässt uns das Eheversprechen austauschen. Wir haben im Gerichtsgebäude geheiratet. Es ist nicht besonders romantisch, aber unsere Beziehung ist es auch nicht. Und das ist gut für mich.

Luka wartet vor dem Gerichtsgebäude und bietet an, uns zum Gelände zurückzufahren. „Herzlichen Glückwunsch", sagt er, aber hinter seinem Blick ist etwas anderes zu erkennen.

Eifersucht?

Wut?

Nikita grinst und merkt es entweder nicht oder lässt es sich nicht anmerken. Er klopft Luka mit seiner rechten Hand auf den Rücken, während er meine linke Hand festhält und mich dicht an sich drückt. „Du solltest ihr besser einen Antrag machen. Hannah wird nicht ewig auf dich warten."

Luka knurrt, und seine Oberlippe zuckt. „Ich habe es versucht, aber ihr zwei scheint mir die Show zu stehlen."

Ich beiße mir auf die Unterlippe und tue mein Bestes, um mich über seinen Ausbruch nicht zu amüsieren. Der Mann könnte eine ganze Reihe von Angreifern zur Strecke bringen. Er ist groß, robust und sieht gut aus, keine Frage. Aber die Tatsache, dass wir vor ihm verheiratet sind, scheint ihm einen Strich durch die Rechnung zu machen.

„Wir könnten dir bei deinem Antrag helfen", schlage ich vor. Ich weiß zwar nicht viel über Hannah, aber es ist klar, dass sie in Luka verliebt ist und sein Antrag würde sie wahrscheinlich glücklich machen.

„So wie du mir das letzte Mal geholfen hast?", schnauzt Luka mich an.

„Pass auf, was du sagst", schimpft Nikita. „Sie bietet dir doch nur ihre Hilfe an. Wenn du nicht Manns genug bist, auf die Knie zu gehen—"

Ich will nicht, dass sie sich deshalb streiten. „Hey!", unterbreche ich Nikita. „Es war ja nicht so, dass du auf die Knie gefallen bist und mir einen Antrag gemacht hast."

„Das ist etwas anderes", sagt Nikita und seine Augen verengen sich. „Auf wessen Seite stehst du?"

„Ich weiß, dass ich meinem Mann nicht in die Quere kommen darf", sage ich mit einem bösen Grinsen— ich mag die Tatsache, dass ich Nikita als meinen Mann bezeichnen kann.

Warum ist das so?

Die warmen, kuscheligen Gefühle in meiner Magengrube sollten nicht da sein. Diese Ehe ist zum Schutz da. Oder?

Nikita presst seine Lippen auf meine. Anders als im Gericht, wo der Richter uns gesagt hat, dass wir uns küssen dürfen, war dieser Kuss süß und züchtig. Der Kuss war nicht so leidenschaftlich, wie er jetzt ist.

Mein Inneres wird warm, als seine Hand fest auf meinem Rücken liegt und mich leicht an sich zieht, während er seine Zunge in meinen Mund schiebt.

Nikita ist fest, energisch, aber nicht unbedingt auf eine schlechte Art. Ich habe noch nie erlebt, dass ein Mann so die Kontrolle über mich bekommen hat wie Nikita. Das weckt etwas in mir, das ich gar nicht kenne.

Leidenschaft.

Er hat eine Art, die brodelnde Hitze anzuheizen, und gerade als meine Beine schwach werden und ich ihn küssen möchte, ihn fester an mich ziehen und zugeben will, dass ich das mit ihm genieße will, zieht Nikita sich zurück.

„Wir sollten uns auf den Weg machen", sagt er.

Ich bin atemlos. In diesem Moment wird mir schwindelig, und das ist das Einzige, was Nikita dazu sagt, dass er mich geküsst hat?

War ich die Einzige, die etwas gespürt hat?

Seine Hand liegt auf meinem Rücken, als er mich zu dem schwarzen Geländewagen begleitet, die Tür öffnet und mir beim Einsteigen hilft. Ich warte darauf, dass er die Tür schließt, aber stattdessen blickt er mich mit einem verruchten Lächeln an. „Rutsch rüber."

Luka klettert auf den Fahrersitz und lässt den Motor an. Seine Aufmerksamkeit und sein Fokus sind auf die Straße gerichtet, während Nikita mich mit Begeisterung verschlingt.

Nicht, dass mich das stören würde. Im Gegenteil, ich genieße es sogar, dass er sich so sehr auf mich konzentriert.

Nikitas Hand ist rau und warm, als er über meinen Kiefer streicht, meinen Kopf neigt und seine Lippen sich mir nähern, ohne mich jedoch zu küssen. Es ist, als würde er jeden Zentimeter von mir begutachten, was ich ihm zu bieten habe.

„Ich werde dich heute Abend verwöhnen", sagt Nikita. „Aber erst, wenn du dich mir ganz hingegeben hast."

Mir stockt der Atem in der Kehle. Was meint er damit, dass ich mich ihm hingebe? Habe ich das nicht schon getan, als ich ihn geheiratet habe?

Wir kommen zurück zum Haus und so sehr ich auch jeden Zentimeter von Nikitas Körper erkunden möchte, Zion ist wach und wird nach mir suchen.

Ich schleiche mich an Nikita und Luka vorbei und schaue mich nach meinem Sohn um. Sein Lachen schallt aus dem Esszimmer und er hat einen riesigen Teller mit French Toast und ein großes Glas Orangensaft vor sich stehen. Bay sitzt ihm gegenüber, und Hannah sitzt am Kopfende des Tisches zwischen ihnen.

„Herzlichen Glückwunsch!" Hannah lächelt warmherzig und wenn es einen Anflug von Eifersucht gibt, dann sehe ich ihn nicht. Entweder ist sie gut darin, es zu verbergen, oder sie freut sich für uns. „Ich will den Ring sehen", sagt Hannah.

Ich trete einen Schritt weiter ins Zimmer und zeige ihr meine linke Hand und den riesigen Diamantring, den Nikita mir während der Zeremonie an den Finger gesteckt hat.

„Und er passt!" Sie ist schockiert.

„Er ist ein wenig groß", sage ich. Und obwohl es kaum auffällt, möchte ich nicht, dass der Ring runterrutscht und ich ihn verliere. „Ich kann ihn anpassen lassen." Der Diamant muss ein Vermögen gekostet haben.

„Nun, er sieht toll aus", sagt Hannah. Sie lächelt aufrichtig und legt ihre Arme um mich.

Ich bin etwas überrascht von ihrer Wärme und der freundlichen Geste. „Willkommen in der Familie", sagt sie in mein Ohr. „Jetzt benötige ich deine Hilfe."

„Alles, was du willst", flüstere ich und ziehe mich etwas zurück.

Nikita steht mit Luka auf dem Flur und plaudert über irgendetwas. Ob es um die Hochzeit oder das Geschäft geht, weiß ich nicht und es ist mir auch egal. Nikita lächelt und nickt, als ich ihm in die Augen schaue. Der Mann sieht in seinem schwarzen Anzug umwerfend aus. Sicher, er trägt immer einen dunklen Anzug, aber heute ist etwas an ihm auffällig.

Vielleicht ist es das Lächeln in seinem Gesicht. Das habe ich in der kurzen Zeit, in der ich ihn kenne, noch nicht allzu oft gesehen.

„Du musst mir mit Luka helfen."

„Dir helfen. Wie denn?" frage ich. Zwischen den beiden scheint es gut zu laufen. Soweit ich das beurteilen kann, will Luka ihr einen Antrag machen und Hannah ist glücklich mit ihm. Was könnte sie schon von mir wollen?

„Ich möchte Luka einen Antrag machen", sagt Hannah.

Ich schnappe nach Luft und bedecke meine Lippen mit meiner Hand. Meine Augen müssen weit aufgerissen sein, weil ich versuche, nicht zu lachen und meinen Kiefer hochzuziehen.

„Was?" Hannah verschränkt ihre Arme vor der Brust. „Du denkst, ich sollte es nicht tun, weil es nicht traditionell ist?"

Das Mädchen legt mir die Worte direkt in den Mund. „Ich glaube, er liebt dich und will dir einen Antrag machen. War es nicht das, was er vorhatte, als ich ihn unterbrochen habe?" Ich bin zwar noch nicht lange hier, aber ich kann die sehnsüchtigen und die erhitzten Blicke sehen, die sie austauschen. Es ist, als ob die beiden sich bei jeder Gelegenheit gegenseitig vergewaltigen wollen.

Hannah schürzt ihre Lippen. „Ich sollte wütend auf dich sein", sagt sie und blickt an mir vorbei zu den beiden Männern, die sich im Flur unterhalten. „Aber ich bin es nicht."

Ich spüre, dass sie zwar nicht wütend ist, aber vielleicht ein wenig eifersüchtig, weil wir es vor ihnen zum Altar geschafft haben.

„Wir sind eine Familie", sage ich und zerzaust Zions Haare, während er sein Frühstück isst.

„Mama!", jammert er und rümpft die Nase, während er zu mir hochschaut. „Du bringst noch meine Haare durcheinander."

Der Junge hat wirklich wunderschönes dunkles, dichtes Haar. Das hat er von Otello geerbt. Ich ziehe eine Grimasse bei dem Gedanken, dass die DNA dieses Mannes einen Teil meines Sohnes ausmacht.

„Du siehst toll aus", sage ich.

„Wann kann ich wieder zur Schule gehen?", fragt Zion. „Ich vermisse meine Freunde."

„Das müssen Nikita und ich besprechen." Er wurde aus der Schule genommen, als meine Schwester ihn nach Chicago brachte, damit er in Sicherheit war.

Das ist nicht gut gelaufen, und ihn wieder in die Schule zu schicken, mit dem Wissen, dass die Mafia immer noch hinter meinem Sohn her sein könnte, ist besorgniserregend.

Ich bin zwar nicht scharf darauf, Zion zu Hause zu unterrichten, aber vielleicht können wir einen Ort finden, der sicherer ist.

„Aber, Mama", jammert Zion.

Nikita schlendert in den Speisesaal und stellt sich vor einen der leeren Plätze, die Hände auf die Lehne des Holzstuhls gestützt. „Kann ich kurz mit dir reden?", fragt er und richtet seinen Blick auf mich.

„Iss dein Frühstück auf", sage ich und drücke Zion einen Kuss auf die Stirn.

Ich trete mit Nikita auf den Flur hinaus. Luka geht um die Ecke des Flurs. Es sind nur wir beide, obwohl ich sicher bin, dass mehrere Wachen in der Nähe sind.

„Wann hast du vor, Zion von uns zu erzählen?", fragt Nikita.

Ich beiße mir auf die Unterlippe. Ich will, dass mein Kind denkt, dass ich aus Liebe heirate. Das Letzte, was ich will ist, dass er glaubt, dass ich nur geheiratet habe um ihn zu beschützen, auch wenn das zum Teil stimmt. „Ich weiß noch nicht, wie", sage ich.

„Wir könnten es ihm gemeinsam sagen", antwortet Nikita.

„Ich muss mich hinsetzen und ein ernsthaftes Gespräch mit Zion führen." Nach allem, was wir in Chicago durchgemacht haben und jetzt, wo wir zu Nikita gezogen sind, hat mein Sohn sicher eine Menge Fragen. Er verdient die Wahrheit, auch wenn sie wegen seines Alters etwas geschönt ist.

„Wir beide wissen es."

„Und was, denkst du, sollten wir ihm sagen?", frage ich. Ich bin überrascht, dass Nikita an diesem Gespräch teilhaben will. Macht er sich Sorgen, dass ich meinem Sohn erzählen will, dass die Bratva uns jetzt beschützt?

„Nur das, was er wissen muss, dass wir geheiratet haben und auf unbestimmte Zeit hier leben werden."

Mit einem schweren Seufzer drücke ich mir auf den Nasenrücken. „Ich möchte, dass er denkt, dass es bei der Ehe um Liebe geht und nicht um den Austausch von Dienstleistungen. Ein Sechsjähriger sollte nur Dinge wissen, die er wissen muss." Ich will Zion nur beschützen.

„Und ich schlage vor, dass wir ihm nicht alles erklären, sondern nur, dass wir uns lieben und dass ich eine sehr große Familie habe, die mir zur Seite steht."

So kann man es auch ausdrücken, und das ist nicht ganz falsch. Nikita hat eine große Familie, und in der kurzen Zeit, in der ich sie kenne, haben sie uns unterstützt und sich auf unsere Situation eingestellt.

„Das könnte funktionieren", sage ich und stoße einen schweren Seufzer aus. Ich werfe einen Blick zurück in den Speisesaal zu Zion und Bay, die am Tisch essen. Beide kichern leise über ein Geheimnis, das sie miteinander teilen.

Hannah schaut auf ihr Handy, ohne zu bemerken, was zwischen den beiden Kindern vor sich geht. Wenigstens scheinen sie beim Frühstück nicht in Schwierigkeiten zu geraten.

„Wir müssen uns auch überlegen, ob wir Zion in die erste Klasse schicken", sage ich. „Ich habe ihn vorübergehend aus der Schule genommen, weil die Mafia so viel Ärger gemacht hat und ich ihn zu meiner Schwester geschickt habe."

„Er sollte in der Privatschule in der Nähe eingeschult werden."

Ich atme scharf ein. „Das kann ich mir nicht leisten", sage ich.

„Dafür ist schon gesorgt."

„Was?" Er kann doch nicht ernsthaft anbieten, die Rechnung zu bezahlen. Er hat mich zwar geheiratet, aber Zion ist nicht sein Sohn. Er muss nicht für den Unterhalt und die Kosten für die Erziehung meines Kindes aufkommen.

„Wir sind verheiratet", sagt Nikita. „Ich helfe ihm mit dem Schulgeld."

Obwohl ich möchte, dass mein Sohn die beste Ausbildung bekommt, kann ich nicht akzeptieren, was Nikita anbietet. „Das ist mehr als großzügig, aber es ist zu viel."

„Sind wir nicht verheiratet?", fragt Nikita.

Ich öffne meinen Mund und stoße einen leisen Atemzug aus. „Hier geht es nicht um unsere Ehe."

„Zion ist mein Sohn und meine Verantwortung", sagt Nikita.

„Aber er ist es nicht." Auch wenn ich Nikitas Hilfe will, werde ich ihn nicht für die Ausgaben von Zion bluten lassen. „Du tust schon zu viel. Du lässt uns bei dir wohnen, heiratest mich, um mich vor den Fängen der Mafia zu schützen. Ich kann mich nie für all das revanchieren, was du getan hast."

Nikita kommt einen Schritt näher und dringt in meinen persönlichen Raum ein. Sein Atem kitzelt meine Wange, als er meinen Kiefer streichelt. *Malish*, du bist alles, was ich will. Dein Glück und deine Sicherheit."

„Und das ist genug?", frage ich. Das scheint nicht der Fall zu sein, wenn man bedenkt, was er alles für mich tut.

„Für mich schon", sagt Nikita. „Wir werden gemeinsam mit Zion sprechen. Und ich kümmere mich um sein Schulgeld und die Anmeldung an der Manhattan Academy. Das ist dieselbe Schule, auf die Bay geht. Sie haben eine Vorschule und eine Grundschule auf demselben Campus."

Mein Magen dreht sich um und ich zerquetsche meine Unterlippe zwischen den Zähnen. Ich kann mir nicht einmal vorstellen, was Zions Ausbildung kosten wird, aber sie wird nicht billig sein. Und ich werde Nikita für immer zu Dank verpflichtet sein. Obwohl, bin ich das nicht schon?

————

Nach dem Frühstück gehen Nikita und ich mit Zion nach draußen in den Garten, um einen Spaziergang zu machen und zu plaudern. Wir wollen beide über die neue Situation, unsere Heirat, sprechen und die Enge im Herrenhauses scheint uns nicht dazu geeignet.

Am liebsten würde ich mit ihm im Park spazieren gehen, aber Nikita hat darauf bestanden, dass ich und Zion immer noch in Gefahr sind, bis die Mafia von unserer Hochzeit erfährt.

Wie lange werde ich noch gezwungen sein, über meine Schulter zu schauen? Wer sagt, dass Otello uns in Ruhe lassen wird, wenn sie erfahren, dass Nikita und ich verheiratet sind?

„Können wir in den Park gehen?", fragt Zion, als wir nach draußen gehen. Die Sonne steht noch hoch und die Strahlen lassen die Luft wärmer werden. Es ist hell und ich blinzle, als wir uns in den Schatten eines blühenden Kirschbaumes begeben.

„Vielleicht später", sage ich und vermeide das Thema und jede weitere Diskussion über das Verlassen des Geländes. Wir können doch nicht ewig im Haus eingesperrt bleiben. Können uns nicht einige der Wachen in den Park begleiten und dafür sorgen, dass wir sicher sind?

„Ich wollte mit dir über etwas reden", sage ich.

„Geht es Tante Katie gut?", fragt Zion. Seine hellgrünen Augen blicken mich an. Seine Stirn ist voller Sorge.

„Ja, es geht ihr gut", sage ich und ziehe ihn in eine Umarmung. „Sie ist bei ihrem Freund und sie sind an einem sicheren Ort untergebracht."

„Mit Declan?"

„Das stimmt", sage ich. „So wie Tante Katie bei Declan in Sicherheit ist, sind wir bei Nikita." Ich wollte nicht, dass sich der Kreis zu der Gefahr schließt, die uns hierhergeführt hat.

Ich schaue Nikita an, nicht dass ich von ihm erwarte, dass er mir hilft, das Problem zu lösen, aber ich will, dass er dabei ist. Er wird ein Teil von Zions Leben sein.

„Deine Mutter und ich lieben uns sehr", sagt Nikita und schenkt Zion ein freundliches Lächeln. „Wir wollen beide, dass du in Sicherheit bist und hielten es für das Beste, dass du hier wohnst, in der Nähe zur Schule gehst und dass wir beide heiraten."

Zion blickt zu Nikita auf. „Bist du mein Vater?"

ZWÖLF

Nikita

„Bist du mein Vater?", fragt Zion und starrt mich mit großen Augen an.

Ich weiß nicht, wie viel Lucy Zion über seinen biologischen Vater erzählt hat. Früher habe ich Aleksandras Kinder zur Vorschule gebracht, aber ich habe nicht auf sie aufgepasst. Ich weiß nicht viel über Kinder, ich habe ja keine eigenen.

Ich beuge mich zu Zion hinunter, um ihn von Angesicht zu Angesicht zu sehen. „Möchtest du, dass ich dein Vater bin?", frage ich und schenke dem Jungen ein freundliches Lächeln. Wenn er mich lieber Nikita nennen will, ist das auch in Ordnung.

Zion nickt enthusiastisch und rümpft die Nase. Ein leichtes Kichern entweicht seinen Lippen und ich umarme den Jungen. „Ich fände es toll, wenn du mich Papa nennen würdest", sage ich. Was auch immer Zion am besten gefällt, ist für mich in Ordnung.

Der Junge ist so nah dran, wie ich es nie sein werde, Kinder zu haben. Nicht, dass ich keine haben könnte, aber das war bisher nicht vorgesehen. Obwohl ich jetzt verheiratet bin, weiß ich nicht sicher, was sich daraus entwickeln wird. Lucy hat nicht zugegeben, dass sie wieder mit mir schlafen will, aber wir hatten ein lustiges kleines Rendezvous im Club, bevor wir unterbrochen wurden.

Ich atme einen Seufzer aus. Allein der Gedanke an Lucy macht mich kribbelig. Da wir verheiratet sind, möchte ich sie in mein Schlafzimmer tragen, ihr zeigen, wie es ist, verheiratet zu sein und angebetet zu werden.

Aber das kann ich nicht tun, solange das Kind wach ist, Hannah zu bitten, noch länger auf Zion aufzupassen, scheint mir ihr gegenüber unfair zu sein.

„Papa, können wir auf den Spielplatz gehen?", fragt Zion und reißt mich aus meinen schmutzigen Gedanken an Lucy.

„Hast du deine Mutter schon gefragt", sage ich. Der Junge ist trickreich und spielt uns gegeneinander aus.

„Mama hat gesagt, später", scherzt Zion, bevor Lucy antworten kann. „Es ist später."

„Wie wäre es, wenn du mir im Garten hilfst und wir deiner Mutter eine Pause gönnen?"

„Eine Pause wovon ?", fragt Zion und blickt von mir zu Lucy. Das Kind kann ganz schön anstrengend sein. Wie hat Lucy es geschafft, Vollzeit zu arbeiten und ihn allein zu erziehen?

Zion klettert auf mich, als wäre ich ein Klettergerüst und benutzt meine Arme, um Klimmzüge zu machen. Der Junge ist schon stark für seine kleine Statur. Er benutzt seine Beine und klettert den Rest des Weges an mir hoch. So viel dazu, dass mein Anzug sauber und ordentlich bleibt.

„Hast du Spaß?", frage ich.

Zion kichert und nickt enthusiastisch. „Ja. Mama lässt sich nicht von mir zum Affen machen."

„Mich zum Affen machen?" Ich weiß nicht, was das bedeutet.

Lucy hält sich die Lippen zu und versucht, nicht in Gelächter auszubrechen.

„Du bist mein Affenbalken", sagt Zion ganz sachlich, als wäre ich sein Klettergerüst.

———

Das Kind ist endlich im Bett.

Ich habe es geschafft, am Nachmittag die Manhattan Academy zu kontaktieren. Zion ist angemeldet und wird am Montag eingeschult. Morgen werde ich sein Zeugnis abschicken, wie sie es verlangt haben. Wie viel Papierkram kann es für einen Sechsjährigen schon geben?

„Du schläfst bei mir", sage ich und nehme Lucys Hand, während ich sie am Schlafzimmer wo Zion fest schläft, vorbeiführe.

„Wirklich?"

Ich schwöre, ihr Atem stockt.

„Willst du nicht?"

Sie klemmt sich die Unterlippe zwischen die Zähne. Das ist eine nervöse Angewohnheit, die sie sich angewöhnt hat, und ich streife mit dem Daumen über ihre Lippe, um sie aufzuhalten. „Ich will", sagt sie und lehnt sich an in meine Hand. „Ich will nur nicht, dass es zwischen uns schiefgeht."

Ich möchte nicht, dass sie in meinen Kopf vordringt und mich dazu bringt, meinen Vorschlag zu hinterfragen. „Komm ins Bett", sage ich und führe sie in mein Zimmer. Ich schlage die Tür abrupt mit dem Fuß zu und verschaffe uns so die dringend benötigte Privatsphäre, nach der ich mich schon den ganzen Tag mit ihr gesehnt habe.

Sie fällt mir förmlich in die Arme, als ich sie fest an mich ziehe und unsere Lippen leidenschaftlich aufeinanderprallen. Ich drücke sie mit dem Rücken gegen die Tür, mit meinen Händen drücken ich sie gegen das Holz und halten ihre Hände über ihrem Kopf fest.

„Wir haben nie ganz zu Ende gebracht, was wir angefangen haben", flüstere ich ihr ins Ohr und knabbere an ihrem Ohrläppchen, woraufhin sie bei meiner Berührung wimmert.

„Keine Unterbrechungen mehr?"

Ich wünschte, ich könnte dieses Versprechen geben, aber ich habe nicht vor, uns heute Nacht stören zu lassen. „Nur du und ich", sage ich.

Ihre Augenlider flattern, als sie mich anschaut, keuchend und bereits atemlos. Sie sieht wunderschön aus, ihre Wangen sind gerötet und ihre Lippen geschwollen von unserem hitzigen Wortwechsel.

„Dreh dich um", befehle ich und zwinge sie mit meinen Hüften, sich zur Tür zu drehen, während ich ihr Haar über die Schulter zur Seite streiche. Ihre Haut ist perfekt sommersprossig, cremig und weich, als ich eine Spur über ihren Rücken küsse und den Reißverschluss des weißen Kleides öffne, das sie heute getragen hat.

Sie war einfach umwerfend, als sie im Gerichtssaal meine Frau wurde.

Und jetzt will ich ihr Herz, ihren Körper und ihre Seele erobern.

„Nikita?", flüstert sie und blickt über ihre Schulter zu mir zurück.

„Entspann dich einfach." Ich kann die Anspannung spüren und massiere ihre Schultern, während ich das Kleid zu ihren Füßen fallen lasse. Unter dem Kleid trägt sie nur einen Slip, der kaum als nützlich gilt. Ich habe schon größere Tangas gesehen, die mehr bedeckt haben.

Mein Schwanz wird hart, zuckt und drückt gegen meine Hose. Ich packe ihr Haar mit der Faust, drehe ihren Kopf zur Seite und küsse sie, um mir zu nehmen, was mir gehört: Sie.

Ihre Hände drücken gegen die Holztür und sie wackelt mir mit ihrem süßen, kecken Hintern entgegen. „Zieh ihn aus", sagt sie.

„Nein", knurre ich. Ich mag es nicht, wenn man mir sagt, was ich zu tun habe, auch wenn ich ihren Slip am liebsten zerreißen und quer durch den Raum werfen würde. „Du wirst warten."

Ein Wimmern kommt aus ihrer Kehle, und ich drehe sie wieder herum, meine Hände an ihrem unteren Rücken, ziehe ich sie hinter mir her, während ich rückwärts gehe und mich dem Bett nähere. „Sitz", befehle ich.

„Ich bin kein Hund."

Ich schnaube über ihre Bemerkung. Nein, das ist sie ganz sicher nicht. „Ich mag es, wenn du zuhörst, *Malish*", sage ich und streichle ihre Wange.

Sie lehnt sich gegen meine Berührung und ich beuge mich zu ihr hinunter, wobei mein Atem ihren streichelt. Noch gebe ich ihr nicht, was sie sich so verzweifelt wünscht. Aber das werde ich mit der Zeit.

„Sag mir, was du von mir willst, ich gehöre dir."

Ihre Worte sind perfekt, genau wie jeder Zentimeter von ihr. „Leg dich zurück. Ich möchte, dass du dich selbst berührst", befehle ich.

Sie schluckt und geht zurück auf die Matratze. Ein Hauch von Zögern und Nervosität ist zu spüren, aber sie verweigert mir nichts.

Ihre Finger streicheln ihre Haut, während ich meine Krawatte löse und sie dabei beobachte, wie sie sich selbst berührt.

In Sekundenschnelle bin ich heiß und es ist erdrückend. Ich reiße meine Krawatte ab und lasse sie auf den Boden fallen. Meinen Anzug schiebe ich schnell auf einen Stuhl in der Nähe. Mein weißes Hemd ist viel zu eng. Der Anblick von Lucy, die fast nackt auf meinem Bett liegt, bringt mich zum Kochen.

Ich bin nicht der geduldigste Mann, aber ich will sie nackt sehen, wie sie sich selbst befriedigt, und herausfinden, was ihr gefällt, bevor ich es ihr richtig besorge.

Ihr Brustkorb hebt und senkt sich und ihr Atem wird lauter. „Halte dich nicht zurück", warne ich.

Sie hält sich nicht zurück, ihre Beine sind gespreizt und geben mir einen weiten Blick frei, aber sie hat ihr Höschen noch nicht ausgezogen. Das ist die reinste Folter. Ich möchte das Stück dünner Spitzenstoff sein, das zwischen ihre Falten gleitet, sie reibt und sie zum Stöhnen bringt.

Mein Hemd erdrückt mich. Ich kann mir nicht die Mühe machen, jeden kleinen Knopf zu öffnen. Im Moment sind es einfach zu viele. Ich reiße mein Hemd auf, und die Knöpfe fallen auf die Holzdielen.

„Ich will, dass du mich anfasst", flüstert Lucy. „Bitte."

Ihre Worte werden mir zum Verhängnis. Ich löse meinen Gürtel und lasse meine Hose und Boxershorts mit einem dumpfen Schlag auf den Boden fallen, bevor ich auf die Matratze klettere und mich zu ihr kämpfe. Ich bedecke ihre Lippen mit meinen und verschlinge sie hungrig.

Sie stöhnt und schlingt ihre Beine um mich, ihre Fingernägel kratzen an meinem Rücken, als ob sie nicht genug bekommen könnte.

Ich hätte fast Lust, zwischen uns zu greifen und ihr das Höschen vom Leib zu reißen. Aber stattdessen küsse ich langsam und neckisch ihren Körper hinunter, bevor ich ihr Höschen erreiche. Sie ist nass und unruhig und kann nicht stillhalten, während ich die Seide mit meinen Zähnen packe und den Stoff an ihren Beinen herunterziehe.

„Das war heiß", keucht Lucy und ihre Finger streichen über ihre Locken.

„Meine", knurre ich und schiebe ihre Finger weg, während ich mit meiner Zunge über ihre Nässe fahre und ihre Klitoris reize. Sie ist unruhig und kribbelig, stöhnt und bewegt sich ziellos, während sie auf Erlösung wartet.

Ich gebe sie ihr noch nicht. Ihre Perle ist geschwollen, weil sie sich selbst neckt. Jeder andere Mann wäre vielleicht eifersüchtig, aber ich genieße gelegentlich eine gute Show.

„Nikita." Ihre Stimme ist rau, als sie mich anfleht, sie kommen zu lassen.

Ich lecke und sauge weiter an ihrer Klitoris, bevor sie zittert und kurz davor ist zu kommen. Ich ziehe mich zurück, um sie noch nicht in Vergessenheit geraten zu lassen. Sie muss warten, bis ich ihr befehle zu kommen und ihr die Erlaubnis gebe.

Lucy wimmert, als meine Lippen und Zunge sie loslasse und auf ihren Oberkörper klettere. Sie atmet röchelnd und keucht. „Du bringst mich noch um,"erwidere ich mit einem verschmitzten Grinsen. „Die perfekte Art, zu sterben."

Sie lacht leise und wölbt ihren Rücken. Unsere Körper stoßen aneinander, während ich zu ihr hochkomme. In ihren Bewegungen liegt eine Verzweiflung und Bedürftigkeit, die mich bis ins

Innerste erschüttert und meinen Schwanz zucken lässt.

Lucy ist atemlos, ihre Wangen sind gerötet und ihre Brust ist gerötet. Sie hat Mühe, die Augen offenzuhalten, und ihre Finger wandern über meinen Rücken bis hinunter zu meinem Hintern. „Bitte, fick mich."

Ich hätte nie erwartet, von Lucy etwas so Versautes und Sexuelles zu hören. „Es wäre mir ein Vergnügen", flüstere ich und schwebe über ihren Lippen.

Ich bedecke ihren Mund und führe meinen Schwanz in ihre Wärme. Sie geht in die Knie und hebt sich mit dem Rücken von der Matratze ab, als ich tiefer in sie eindringe und sie ausfülle.

„Fuck", murmelt sie mit zusammengekniffenen Augen.

„Gutes Fuck?" Ich kichere, ich starre auf sie herab und warte auf ihre Antwort. Mein Schwanz zuckt in ihrer Wärme und Enge. Er ist perfekt. Verdammt, sie ist perfekt.

„Gott, ja." Ihre Finger sind rau und wandern um meinen Hintern, umklammern meinen Hintern, während sie sich gegen mich stemmt. Ich nehme das als Zeichen, dass ich weitermachen soll und dass ich ihr nicht weh tue.

Das ist das Letzte, was ich möchte. Ich setze unseren Tanz fort, jeder Stoß bringt sie näher an den Rand des Abgrunds, ihr Stöhnen und Keuchen wird lauter und sie vergisst oder scheint sich nicht darum zu kümmern, dass wir nicht die einzigen Menschen auf dem Gelände sind.

Ich schiebe meine Lippen auf ihre und bringe ihr Stöhnen zum Schweigen, während ich sie ficke und spüre, wie ihre Enge an meinem Schwanz bebt und zittert. Sie ist nass und perfekt, und ihr Stöhnen vibriert, als sie erschaudert und kommt.

Sie ist mein absolutes Verhängnis, als ich schließlich loslasse und mit ihr in die Vergessenheit stürze.

———

Lucy schläft zusammengerollt in meinen Armen. Sie rührt sich in der Nacht nicht im Geringsten und ich bin mehr als dankbar, dass sie nicht schnarcht.

Ich habe Probleme beim Einschlafen.

Es ist eine Minute her, dass ich mit einer Frau im Bett geschlafen habe. Klar, ich habe schon mit vielen Frauen geschlafen, aber ich schlafe nicht bei ihnen. Ich bin kein Kind, und Pyjamapartys sind nicht mein Ding.

Aber ich bin verheiratet.

Dieser Gedanke belastet mich sehr. Das ist ein Teil, warum ich nicht schlafen kann. Der andere Teil ist, dass ich einen Sohn habe. Nun, technisch gesehen ist Zion Lucys Kind, aber wenn wir verheiratet sind, kann er genauso gut meiner sein. Ich habe die Absicht, ihn wie mein Fleisch und Blut zu beschützen.

Ich bin erschöpft, aber der Schlaf will nicht kommen.

Ich versuche, mich nicht zu sehr zu bewegen, um Lucy nicht zu wecken. Sie schläft ganz ruhig und nach all den Strapazen, die sie durchgemacht hat, ist es schön, sie in Frieden zu sehen, auch wenn sie nur schläft.

Aus Minuten werden Stunden, und ehe ich mich versehe, geht die Sonne auf und erhellt das Zimmer.

Ich löse mich von ihr und lasse sie schlafend in meinem Bett zurück.

Es schmerzt mich, sie allein zu lassen. Aber hier, unter Mikhails Dach, ist sie sicher, während ich Aleksandra und Antonio besuche.

Sie müssen wissen, dass Lucy meine Frau ist und eine Drohung gegen sie oder Zion eine Drohung gegen die Bratva ist.

Ich öffne leise den Kleiderschrank, hole einen frischen Anzug heraus und nehme meine Kleidung und Unterwäsche von der Kommode mit ins Bad. Ich schließe die Tür so leise, wie ich kann. Hat Lucy einen leichten Schlaf? Ich will sie nicht wecken.

Es ist genauso gut für mich wie für sie. Ich habe noch nie eine Rede am Morgen danach gehalten. Ich übernachte nie bei ihnen. Lucy in meinem Bett ist mir fremder als alles andere, was ich je erlebt habe.

Sie sollte mich nicht falsch verstehen, ich mag es, dass sie in meinem Zimmer übernachtet. Ich bin mir nur nicht sicher, wie ich damit umgehen soll. Ja, wir sind verheiratet, aber es ist nicht so, dass wir es aus Liebe getan haben. Jeder von uns kennt die Gründe, warum wir geheiratet haben.

Sie zu beschützen, bedeutet nicht, sie zu ficken. Auch wenn sie meine Frau ist.

Ich knurre und schalte die Dusche ein. Allein der Gedanke, dass sie nackt ist, erregt meinen Körper. Ich trete unter die Brause und lasse das Wasser gegen meinen Rücken schlagen. Das Wasser weckt mich auf und schärft alle meine Sinne, auch die plötzliche Kälte im Raum.

„Lucy?"

Sie zieht die Duschtür zurück. „Rutsch rüber", befiehlt sie und klettert zu mir in die Kabine. Das Mädchen klaut mir das ganze Wasser und lässt den Strahl von Kopf bis Fuß über ihren Körper gleiten. Ihre Haare sind klatschnass und das Wasser läuft ihr über die Brüste.

Ich kann nicht anders, als nach ihr zu greifen und sie an mich zu ziehen. Meine Lippen prallen auf ihre. „Habe ich gesagt, dass du das ganze Wasser für dich beanspruchen kannst?" Ich wollte die Bemerkung als knurren, als Drohung verstanden wissen, aber es war spielerisch, und sie zieht eine Augenbraue hoch.

„Ich bin deine Frau. Was dir gehört, gehört mir." Sie hat ihre neue Rolle sehr ernst genommen. „Wann wirst du deiner Familie von mir erzählen?"

„Die Bratva ist meine Familie."

„Keine Geschwister oder Eltern?", fragt sie.

Wir wissen sehr wenig übereinander. Das wird sich in den nächsten Tagen ändern. „Nein", sage ich, ohne etwas weiter zu verraten. Meine Eltern und meine Schwester sind verstorben. Ich spreche mit niemandem darüber. „Aber du, *Malish*, wirst es deiner Schwester sagen wollen."

„Das will ich", sagt Lucy. Sie zieht nervös ihre Unterlippe zwischen die Zähne.

„Wir werden es ihr persönlich sagen", schlage ich vor.

Lucy stößt einen schweren Seufzer aus. „Ich war seit Jahren nicht mehr in Breckenridge."

„Dann wird es wohl Zeit, nach Hause zu fahren."

DREIZEHN

Lucy

Nikita verbringt den Tag damit, die Mafia zu besuchen. Ich bin nicht glücklich darüber, dass er allein hingeht und habe ihn gebeten, einen der anderen Männer als Verstärkung mitzunehmen.

Er weigerte sich.

Der Mann ist stur, aber er hat mir versichert, dass ihm nichts passieren wird.

Ich kann nicht frühstücken, weil ich mir Sorgen um seine Rückkehr ins Haus mache. Ich sitze mit Zion am Esszimmertisch, während er sein Müsli isst. Der Junge bekommt so viel mit, aber er merkt nichts von meinen Ängsten, was wahrscheinlich das Beste ist.

„Morgen", sagt Hannah, die eine leere Schüssel und eine Milchkanne trägt. Bay hat eine Schachtel mit zuckerhaltigen Cornflakes und setzt sich neben Zion an den Esstisch.

Ich schenke Hannah ein schwaches Lächeln. Es ist unmöglich, mir keine Sorgen um Nikita zu machen. Aber ich will die Kinder auch nicht verängstigen.

„Großer Tag?", fragt Hannah und macht Small Talk.

Ich atme nervös aus. „Kann man wohl sagen", murmle ich.

Sie lächelt ein wenig zu fröhlich. „Zion, bist du aufgeregt, weil du heute eine neue Schule besuchst ?"

„Nein", murmelt er zwischen zwei Bissen von seinem Frühstück. Er wirft einen Blick zu Bay neben ihm. Zu schade, dass sie ein paar Jahre jünger ist und nicht mit ihm auf die neue Schule gehen wird.

Hannah blickt mich mit einem schiefen Grinsen an. „Würde es dir etwas ausmachen, heute Nachmittag auf Bay aufzupassen? Einer von Mikhails Männern wird sie von der Vorschule abholen, aber ich möchte ihn nicht Babysitten lassen." Sie rümpft die Nase bei diesem Vorschlag. „Ich weiß nicht genau, wann wir zurück sein werden, aber es sollte sein, bevor Bay ins Bett geht.

„Das mache ich gerne", sage ich. Hannah war eine große Hilfe für Zion, wie könnte ich da nein sagen? Außerdem hat Nikita mir noch nicht gesagt, wann ich wieder im Club arbeiten werde, oder ob der Club überhaupt öffnen kann. Er hat erwähnt, dass er heute Morgen vorbeigeht , um sich den Schaden anzusehen, nachdem er mit den Italienern gesprochen hat.

„Gut", sagt Hannah, und ihr Lächeln wird noch breiter.

„Hast du heute Nachmittag schon etwas vor?", frage ich und versuche herauszufinden, was sie so glücklich macht, aber ich will mich auch nicht einmischen, wenn es etwas Privates ist. Wir kennen uns ja noch nicht so gut.

„Überraschungspläne. Luka führt mich an einen besonderen Ort aus." Es ist, als würde sie versuchen, ihre Ausgelassenheit zu zügeln. Ich kann sehen, woher Bay ihre Energie hat.

„Glaubst du, er wird dir einen Antrag machen?" ‚frage ich.

„Das hoffe ich!", quietscht sie.

Wenn er sie nicht fragt, ob sie ihn heiraten will, wird sie ihn umbringen.

VIERZEHN

Nikita

Ungeladen auf dem Gelände der Mafia aufzutauchen, ist kein Zuckerschlecken. An den Wachtoren stehen zwei Männer. Einer der Männer fordert über Funk Verstärkung für das Gelände an, während der zweite Wächter mich durchsucht und sich dabei etwas zu sehr an meinen Familienschmuck heranmacht.

„Das ist mein Schwanz, nicht meine Waffe", belle ich den Wachmann an.

Er schnaubt leise vor sich hin. Er hat meine Waffe bereits und hat sie entschärft, bevor er sie in seinen Hosenbund gesteckt hat.

Ein halbes Dutzend Wachen verlässt das Innere des Gebäudes und geht über den Rasen. In der Mitte steht Antonio Moretti.

Haben sie so viel Angst vor einem Mann, dass sie die Kavallerie zur Verstärkung rufen mussten?

„Was machst du hier, uneingeladen?", fragt Antonio, als er sich nähert. Er steht hinter dem Metalltor und lässt mich nicht auf das Gelände.

Ich muss nicht in seinem Haus sein, um ihm zu sagen, was ich von ihm halte, dass er ein aufgeblasener Arsch ist und meine Familie in Ruhe lassen sollte. „Wir müssen reden", sage ich.

Er schaut zu mir rüber. Gefällt ihm mein knackiger, schwarzer Anzug nicht? In seinen Augen liegt Verachtung und sein Blick wird härter. „Was willst du?"

„Du sollst Lucy und ihren Sohn Zion in Ruhe lassen. Ihre Familie ist tabu."

Er gluckst leise vor sich hin. „Wie kommst du darauf, dass ich mich um das Mädchen oder das Kind schere?" Er gibt die Verbrechen, die er begangen hat, nicht zu, warum sollte er auch? Er ist zu schlau, um etwas zu sagen, das ihn hinter Gitter bringen könnte.

„Du hast die Italiener in Chicago auf sie gehetzt und dein schwachsinniger Otello hat versucht, uns beide zu töten. Deine Männer wissen es besser, als dass sie russisches Bratva-Gebiet betreten.

Antonios Oberlippe zuckt. Seine Hände sind an den Seiten zu Fäusten geballt. Er ist bewaffnet, aber er hat seine Waffe noch nicht gegen mich gezogen. „Otello ist tot. Ich habe angenommen, dass du etwas damit zu tun hast."

Ich wäre gerne derjenige gewesen, der ihm eine Kugel in den Kopf gejagt hätte. „Wie ist er gestorben?"

Hatte Mikhail einen Anschlag auf ihn verübt, ohne mich zu fragen?

„Er wusste nicht, wo er hingehört", sagt Antonio.

Antonio hat ihn getötet.

Aber warum?

Auch wenn Otello tot ist, glaube ich nicht, dass es vorbei ist. Ich habe seine Leiche nicht gesehen; er könnte mit uns spielen. „Halte dich von meiner Familie fern", warne ich Antonio.

„Ist das eine Drohung?"

„Lucy ist meine Frau. Sie gehört zu der Bratva. Wenn du ihr, Zion oder irgendjemandem aus meiner Familie zu nahe kommst, werden wir dich und deine erbärmliche Mafia in Schutt und Asche legen."

Er lässt sich von meiner Drohung nicht beeindrucken und tritt näher an das Tor heran.

Die Wache an seiner Seite schüttelt den Kopf über Antonio und flüstert etwas, das ich nicht hören kann, wahrscheinlich eine Warnung, dass er den Einsatz nicht erhöhen soll.

„Unter einer Bedingung werden wir mit deiner Familie Waffenruhe halten."

„Was ist das für eine Bedingung?", frage ich und mein Magen verkrampft sich. Mir gefällt nicht, worauf das mit Antonio hinausläuft. Seine Männer könnten mir eine Kugel in den Kopf jagen. Das würde zwar den Waffenstillstand zwischen der Mafia und der Bratva brechen, aber wir bewegen uns schon jetzt auf einem schmalen Grat, der zu brechen droht. Ein Krieg steht unmittelbar bevor.

„Du bringst mir den USB-Stick, den deine Frau mir geben sollte."

„Er hat einen USB-Stick in seiner Tasche, Sir", sagt der Wachmann, der mich durchsucht hat.

„Gib ihn her", fordert Antonio.

Vorsichtig greife ich in meine Manteltasche und hole den Stick heraus. Es ist genau das, was Antonio verlangt hat, nur ein kleines Detail wurde ausgelassen: Wir haben fast das gesamte Geld von den Konten gelöscht und eine Wanze installiert, um Informationen von ihren Computern zu sammeln. Sobald sie den Computer mit dem Internet verbinden, haben wir Zugriff auf ihre Daten, ihre Tastatureingaben und alle gespeicherten Passwörter in ihrem Webbrowser.

Wir haben einen kleinen sechsstelligen Betrag in Kryptowährungen hinterlassen und mit einem Hack unsere Daten aus dem Transfer gelöscht.

Der Wachmann neben mir schnappt sich den USB-Stick und gibt ihn an einen anderen Wachmann weiter, der auf der gegenüberliegenden Seite des Tors steht und Antonio das kleine Gerät gibt.

„Ich hoffe, er ist nicht leer."

„Es ist alles da, jeder einzelne Cent", sage ich und beiße mir auf die Zunge, um nicht zu erwähnen, dass er nichts davon verdient und dass Mikhail großzügig war, als er das Geschenk machte, um den Frieden zwischen unseren verfeindeten Familien zu wahren.

Seine Augen verdichten sich, aber Antonio antwortet mir nicht. „Es steht ihm frei zu gehen. Wenn der USB-Stick leer ist, wirst du wieder von uns hören."

„Ich versichere dir, dass sich Geld auf dem Stick befindet." Ich trete einen Schritt zurück, und die Wachen an meiner Seite lassen mich zurücktreten. „Ich hoffe, ich sehe dich nie wieder."

„Das hoffe ich auch", erwidert Antonio, während er über den Rasen zurück zum Gelände geht.

———

Ich treffe Anton im Club, als ich von meinem Besuch bei der Mafia zurückkomme. „Wie schlimm ist es?" frage ich, steige aus dem schwarzen Geländewagen und sehe ihn auf dem Parkplatz.

„Ziemlich tragisch, was sie getan haben, aber die gute Nachricht ist, dass niemand gestorben ist."

Ich atme scharf aus. „Gut." Ich hätte schwören können, dass ich über Leichen gegangen bin, als sie mich mit einer Tüte über dem Kopf herausgezerrt haben, aber vielleicht war es ja kein Mensch, sondern etwas anderes?

Er öffnet die Tür des Clubs und führt mich hinein. Der Staub von den Schüssen hat sich gelegt, aber die Zerstörung ist nicht unerheblich. An den Wänden, auf der Plattform und an der Decke sind Einschusslöcher zu sehen.

Glas knirscht unter meinen schwarzen Schuhen.

Tische und Stühle sind umgekippt. Die Barhocker wurden zertrümmert und liegen durcheinander auf dem Boden. Es ist, als wäre ein Tornado durch das Innere des Clubs gezogen und hätte ihn verwüstet.

Das Äußere ist jedoch unversehrt geblieben.

„Wir haben eine Menge Aufräumungsarbeiten zu erledigen", sage ich. „Ruf Luka, Ivan und Dmitri an. Sie sollen ihren Arsch herbewegen und uns helfen, den Dreck hier wegzumachen."

„Luka ist nicht verfügbar, Sir."

„Was soll das heißen, er ist nicht verfügbar?" Anton hat Luka noch nicht einmal angerufen, weil er davon ausgeht, dass der Mann beschäftigt ist.

„Er hat Pläne mit Hannah."

„Was für Pläne sind wichtiger, als den Club wieder zum Laufen zu bringen?" Ohne den Club müssen wir einen anderen Weg finden, um Geld zu waschen. Ich habe nicht die Zeit, mir kurzfristig eine neue Strategie auszudenken. Mikhail erwartet, dass das Geld aus dem Club ungehindert fließen wird.

„Luka hat vor, ihr einen Antrag zu machen."

Das hätte ich kommen sehen müssen. Es ist kein Geheimnis, das er versucht hat, um ihre Hand anzuhalten und dabei unterbrochen wurde. „Nun, sie sollte besser Ja sagen. Dann können die beiden ihren Arsch hierher bewegen und helfen."

EPILOG PART 1

Epilog Part 1

Hannah

„Was haben wir geplant?", frage ich. Luka hat mir noch nichts von seinen Plänen verraten. Ich hoffe, dass er mir einen Antrag machen wird, aber ich frage mich, ob ich nicht diejenige sein sollte, die auf die Knie geht und ihn fragt.

Ich bin mir nicht sicher, was er davon halten würde, wenn ich ihm die Frage stelle. Ich möchte nicht sein Ego verletzen oder ihn vor seinen Freunden zu Hause blamieren . Diese Männer würden es ihm nie verzeihen, wenn ich die große Geste mache und ihn frage, ob er mich heiraten will.

„Es ist eine Überraschung", sagt Luka.

„Ich hasse Überraschungen", murmle ich.

Luka lacht, ohne überzeugt zu sein. „Du willst es nur verderben, *Zaya*." Er grinst mich schief von der Seite an.

Ich habe gelernt, dass sein süßer Spitzname für mich, *Zaya*, Hase bedeutet. Als ob ich sein Haustier wäre. „Ich möchte einen Tipp", sage ich.

Er hält vor einer Bar und parkt den Wagen.

„Du nimmst mich mit in eine Bar?", frage ich. Das ist der unromantischste Ort, den ich mir für einen Heiratsantrag vorstellen kann, zumal ich schwanger bin. Ich kann nicht einmal einen oder zwei Cocktails genießen. Vielleicht will er mich gar nicht heiraten.

Luka stellt den Motor ab und klettert raus. Er geht zur Beifahrerseite, aber ich bin schon aus dem Auto gestiegen, die Arme vor der Brust verschränkt.

„Ich dachte, es würde Spaß machen, dass nur wir beide einen Abend zusammen verbringen.

„Es ist immer noch sonnig draußen", sage ich.

„Du bist eine gute Beobachterin", bestätigt Luka. Seine Hand liegt auf meinen Rücken, während er mich in die Bar führt.

Ich bin mir nicht sicher, was mich erwartet. Es gibt keine bekannten Gesichter. Keine Überraschungsparty, aber ist das bei einer Verlobung überhaupt üblich? Der Mann hat mir keinen Antrag gemacht und ich habe noch nicht Ja gesagt.

Aber das werde ich.

Sollte er mich jemals fragen.

Klar, er hat versucht, mir einen Antrag zu machen. Wir wurden unterbrochen, obwohl ich Lucy dafür hassen sollte, dass sie unangemeldet und uneingeladen auftaucht ist, obwohl ich zugeben muss das ich sie mag.

Auf der anderen Seite der Bar stehen Billardtische, und Luka führt mich zu einem. „Wie wäre es mit einem Spiel?"

„Möchtest du mir nicht einen Drink ausgeben?", frage ich.

„Ich hatte gehofft, dass du mich einlädst", sagt Luka.

Das ist so untypisch für ihn, mich zu bitten, unsere Getränke zu bezahlen. Ich weiß gar nicht, was ich sagen oder denken soll. „Ja, äh, klar", stottere ich. „Was willst du?", frage ich.

„Hol mir, was du willst", sagt Luka. Er kann wohl nicht klar denken.

„Möchtest du einen Fuzzy Navel?" frage ich.

Er schüttelt den Kopf und zuckt zusammen. Das klingt nicht sehr verlockend für ihn. „Du bist besser eine Jungfrau und bestellst mir einen Jack und eine Cola."

Ich verdrehe die Augen über den Mann, den ich liebe und verehre und manchmal am liebsten erwürgen würde. Ich schlendere über den Boden zur Bar und winke den Barkeeper heran. Er nimmt unsere Getränkebestellungen auf, und ich lege meine Kreditkarte hin. „Lass einfach die Rechnung offen", sage ich.

Wenn ich nicht schwanger wäre, würde ich mich betrinken und von ihm nach Hause tragen lassen, wenn er mir keinen Antrag macht.

Ich trage unsere Getränke zum Billardtisch, den Luka gerade aufbaut. Die Kugeln hat er schon aufgelegt, aber das Gestell hat er stehen lassen. Luka tauscht mir einen Billardqueue gegen seinen Drink ein.

„Nimm das Gestell, du gehst zuerst", sagt er.

Ich ziehe die Stirn in Falten, als ich das Gestell abnehme und feststelle, dass etwas daran befestigt ist. Ein Verlobungsring ist mit einem Stück Garn an das Gestell gebunden.

„Luka?" Ich schnappe nach Luft drehe mich um, und sehen, dass sein Getränk auf einem Tisch in der Nähe steht und er gerade auf die Knie geht.

Oh mein Gott, ist es endlich so weit?

Mein Atem bleibt mir im Hals stecken. Der Raum ist warm und ich schwöre, dass ich jemanden umbringe, wenn ich in Ohnmacht falle. Ich löse die Schnur und halte den Diamanten zwischen meinen Fingern.

„Ja!", rufe ich aus.

„Hannah", sagt er, grinst und sieht zu mir hoch. „Darf ich dich wenigstens fragen, ob du mich heiraten willst? Ich hatte eigentlich eine ganze Rede geplant." In seinem dunkelbraunen Augen ist keine Spur von Enttäuschung zu sehen, nur Belustigung.

„Oh, tut mir leid. Mach schon." Ich bin übermütig vor Freude. Das Grinsen geht mir nicht aus dem Gesicht, als er mit den Augen rollt und aufsteht. „Ich will dich und Bay für immer in meinem Leben haben. Ich kann mir eine Welt ohne euch beide nicht vorstellen. Und ich will dein Partner im Leben sein, in Guten und Schlechten Zeiten wo auch immer dieser Weg uns hinführt."

„Ja!" Ich weiß nicht, ob er fertig ist oder nicht, aber ich kann meine Erregung nicht unterdrücken. Meine Augen weiten sich. „Warst du fertig?"

Luka kichert. „Ehrlich gesagt, habe ich meine ganze Rede vergessen. Ich habe sie mir einfach spontan ausgedacht. Aber es ist wahr. Ich will mein Leben mit dir und Bay verbringen. Vielleicht kaufen wir uns ein Häuschen, setzen uns zur Ruhe und ziehen eines Tages an einen weniger gefährlichen Ort."

Ich kann mir nicht vorstellen, dass Luka seine Arbeit bei Mikhail aufgeben würde. „Du würdest das alles aufgeben?"

„Eines Tages. Ich habe gesagt, wenn ich in den Ruhestand gehe", betont er. „Ich bin noch nicht so weit, das zu tun.

Gut, denn ich mag Madisyn und Lucy sehr. Ich möchte das nicht alles aufgeben."

Epilog Part 2

Lucy

Sechs Wochen später

Der Flug von New York nach Montana ist nicht schlecht, aber die Fahrt danach ist langweilig, mit einem ängstlichen und ungeduldigen sechsjährigen, der übermüdet und hungrig ist.

„Sind wir schon da?", jammert Zion auf der Rückbank. Er wackelt in seiner Sitzerhöhung und schaut aus dem Seitenfenster.

Es ist das erste Mal, dass ich ihn nach Breckenridge, dem Ort meiner Kindheit mitnehme. Der Junge ist an Wolkenkratzer und eine geschäftige Stadt gewöhnt. Für Zion ist es, als würde er ein fremdes Land betreten.

„Noch nicht", sagt Nikita. Während er fährt wirft er einen Blick auf den Bildschirm des Navigationssystems, dass mit seinem Mobiltelefon verbunden ist. Erstaunlicherweise haben wir mitten im Nirgendwo immer noch einen guten Empfang.

„Ich habe Hunger", jammert Zion.

„Ich habe etwas zum Naschen für dich", sage ich und krame einen Müsliriegel aus meiner Handtasche. Ich packe den Riegel aus und gebe ihn nach hinten.

Zion ist kein besonders ordentlicher Esser. Der Müsliriegel krümelt in Stücken auf den Boden. „Ups", sagt er mit großen, leuchtenden Augen.

„Ist schon gut, Kumpel." Nikita wirft einen Blick auf Zion im Rückspiegel. „Dafür gibt es doch Leihwagen, oder?"

„Bringst du ihm bei, dass es in Ordnung ist, das Eigentum anderer Leute zu zerstören?" Ich scherze nur halb, während ich Nikita einen langen Seitenblick zuwerfe.

„Es sind nur ein paar Krümel. Ich glaube nicht, dass er technisch gesehen etwas zerstört, wenn ein Staubsauger sie aufsammeln kann."

Wir biegen von der Hauptstraße ab und fahren auf den Bergpass, der vor uns liegt. Mein Magen schmerzt und meine Hände zucken. Ich reibe sie an meiner Jeans. Das Hotel, in dem wir übernachten wollten, ist wegen Renovierungsarbeiten geschlossen, also übernachten wir bei Declan und Katie. Declan hat versprochen, eine zusätzliche Luftmatratze zu besorgen und darauf bestanden, dass er ein Zimmer für uns hat.

Es ist schwer, sich nicht wie eine Zumutung zu fühlen, aber die Neuigkeiten möchte ich meiner Schwester persönlich mitteilen.

Auf halber Höhe des Bergpasses macht das GPS schlapp und ich gebe Nikita den Weg vor. Zum Glück ist das Wetter schön und es gibt keine Anzeichen für schlechtes Wetter in den nächsten Tagen, während wir in der Stadt sind.

Zum Skifahren oder Snowboarden ist es zu warm, aber ich bin mir sicher, dass es ein paar lustige Outdoor-Aktivitäten gibt, die wir gemeinsam als Familie unternehmen können.

Familie.

Es dauert noch eine Weile, bis ich mich an das Wort gewöhne und merke, dass ich verheiratet bin. Und um ehrlich zu sein, ich mag es.

Wir sind erst seit Kurzem verheiratet, aber Nikita kann seine Hände nicht von mir lassen, und mir geht es genauso. Ich möchte ihn bei jeder Gelegenheit ins Bett oder an jeden anderen Ort schleifen, aber ein Kind zu haben, macht das nicht unbedingt einfach, genauso wenig wie unter dem Dach eines anderen zu leben.

Aber wir sind in Sicherheit, und das ist das Wichtigste.

Die Mafia ist nicht zurückgekommen. Sie haben weder Zion noch mich bedroht. Nikita besteht darauf, dass er uns beschützen wird, und unsere Ehe ist nur der Anfang dieser Bindung.

Wir halten vor der Blockhütte. Weit und breit ist kein anderes Haus zu sehen. Kaum sind wir aus dem

Auto gestiegen, wird die Haustür aufgestoßen und Katie kommt heraus geeilt.

„Du bist da!", schreit Katie.

Zion schnallt sich ab und klettert aus seiner Sitzerhöhung, während ich die Hintertür öffne. Er springt hinaus auf die Kies Einfahrt.

Eine Staubwolke liegt in der Luft, die unserem Fahrzeug die Einfahrt hinunter folgt. „Dieser Ort ist ziemlich abgelegen", sage ich. Ich hatte ganz vergessen, wie es ist, hier draußen zu leben. Es ist schon so lange her, dass ich hier war.

„Kommt rein", sagt Katie und bittet uns ins Haus.

Declan kommt die Verandastufen herunter. „Kann ich dir mit deinen Taschen helfen?", bietet er an und mustert Nikita von Kopf bis Fuß.

Declan trägt eine abgewetzte Bluejeans und ein Flanellhemd. Er ist ordentlich gebräunt, weil er ein paar Stunden zu viel in der Sonne war, wahrscheinlich für die Arbeit.

Nikita trägt einen schwarzen Anzug und ein weißes Hemd. Er ist zu fein angezogen , aber er wollte nicht auf mich hören, als ich ihn bat, sich etwas Praktischeres anzuziehen.

„Ich hoffe, du hast bequeme Kleidung dabei", scherzt Declan.

„Ich fühle mich wohl", sagt Nikita ohne ein Lächeln.

„Jungs!" ‚rufe ich über meine Schulter zurück und schaue sie an. Der Austausch zwischen den beiden ist kein bisschen ruhig oder angenehm, obwohl es wohl noch schlimmer sein könnte. Es scheint, als würden sie sich gegenseitig abschätzen, aber warum? Denkt Nikita, dass Declan nicht gut genug für meine Schwester ist? Oder macht er sich Sorgen, dass er unser Leben in Gefahr bringt?

Declan hat sich als ehrenhaft erwiesen, als er Zion und Katie beschützte . Natürlich hat er mich erschreckt, als er mich in sein Fahrzeug warf, aber ich verstehe seine Beweggründe. Ich habe ihm verziehen.

Nikita öffnet den Kofferraum, und beide schnappen sich ein Gepäckstück und tragen es in das Haus hinauf.

„Hast du für eine Woche gepackt?" scherzt Declan, während er den Koffer mit Zions und meinen Sachen schleppt.

„Es sieht so aus", sage ich. „Wir bleiben nur ein paar Tage. Dann müssen wir zurück in die Stadt."

„Das ist aber schade", sagt Katie. „Ich würde dir gerne die Stadt zeigen, eine Tour machen und dir zeigen, wie sehr sich alles verändert hat."

Nikita räuspert sich. „Und das schaffst du nicht an einem Tag?"

Er scheint kein Typ zu sein, der Kleinstädte mag. Vielleicht liegt es daran, dass er immer noch seine glänzenden schwarzen Schuhe und seinen zugeknöpften Anzug trägt. „Weißt du, du kannst dich entspannen, während wir hier sind", sage ich zu Nikita. „Manche würden das als Urlaub bezeichnen."

Wir waren nicht in den Flitterwochen, obwohl ich diesen Ort nicht als romantischen Ausflug bezeichnen würde, liegt er doch außerhalb der Stadt. Weit außerhalb.

„Du wirst es wissen, wenn ich dich mit in den Urlaub nehme", sagt Nikita. Er starrt mich mit seinen Blicken an. „Es wird keine Frage sein, wie das aussieht."

Mein Mund ist trocken, und ich spüre, wie Katie und Declan Blicke austauschen. Sie fragen sich wahrscheinlich, was uns in die Stadt führt. Ich habe am Telefon nicht erwähnt, dass ich gute Nachrichten überbringe.

„Katie, Declan", sage ich und errege damit die Aufmerksamkeit der beiden. „Wir sind verheiratet!" Ich grinse und zeige meiner Schwester meinen Ehering, damit sie einen Blick darauf werfen kann, und um ihr zu zeigen, dass es sich nicht um einen Scherz handelt. Er ist echt. Wir sind verheiratet.

„Wow!" Katie bleibt der Mund offen stehen. Ihre Augen sind weit aufgerissen und sie kommt mit offenen Armen auf mich zu, um mich erneut zu umarmen. „Lass mich diese Schönheit sehen."

Ich zeige ihr meine linke Hand und lasse sie einen langen Blick auf den Ehering werfen, der meinen Finger ziert.

„Herzlichen Glückwunsch", sagt Declan. Er hält Nikita seine Hand hin und drückt sie herzlich.

„Danke", sagt Nikita.

„Wir haben auch ein paar Neuigkeiten", grinst Katie. Sie zwirbelt eine Strähne aus ihrem Haar. Ich reiße ihr die Hand aus dem Haar. Das ist eine nervöse Angewohnheit, die sie sich nie abgewöhnen konnte. „Wir sind schwanger!" verkündet Katie.

„Herzlichen Glückwunsch", sage ich und ziehe sie zu einer weiteren Umarmung heran. Ich freue mich für sie. Sie ist immer so toll mit meinem Sohn umgegangen. Ich habe keine Zweifel, dass sie eine fantastische Mutter sein wird. „Wie weit bist du schon?" frage ich.

„Fast im dritten Monat", sagt Katie und legt eine Hand auf ihren Bauch. „Wir haben damit gewartet, es den Leuten zu sagen, wir wollten, dass unsere Familien die ersten sind die es erfahren.

———

Danke, dass du Besitzergreifender Boss gelesen hast. Ich hoffe, dass dir die Geschichte von Lucy und Nikita gefallen hat. Setze das Abenteuer mit Anton und Savannah in Zwanghafter Boss fort.

Wir haben den Club Sage umgestaltet und ich bin kurz davor, den Laden niederzubrennen.

Als Savannah auf der Suche nach einem Job ist, stelle ich sie auf der Stelle ein. Wir brauchen dringend Tänzerinnen und Tänzer und sie ist umwerfend. Wie könnte sie nicht perfekt für den Job sein?

Vermische nicht Geschäft und Vergnügen. Diesen Rat hätte ich von meinem Mentor und Chef, Nikita Krylova, beherzigen sollen.

Ich habe eine Bundesagentin an meinen Arbeitsplatz gelassen.

Savannah hat Zugang zu den Büchern und dem Geld, das wir waschen.

Wenn mein Chef Nikita oder der Chef der Bratva, Mikhail, von meiner kleinen Indiskretion erfahren, bin ich am Ende.

Aber sie werden es bestimmt herausfinden, denn Mikhails bessere Hälfte, Madisyn, ist eine ehemalige FBI-Agentin. Sie hat mit Savannah Blakely zusammengearbeitet. Soll ich die Wahrheit sagen und akzeptieren, dass ich ein toter Mann bin, oder soll ich die Wahrheit und ein paar Leichen begraben, bevor es jemand herausfindet?

WERBEGESCHENKE, KOSTENLOSE BÜCHER UND MEHR GOODIES

Ich hoffe, dass dir Besitzergreifender Boss gefallen hat und du die Geschichte von Nikita und Lucy magst.

Melde dich für meinen Willow Fox Newsletter an

Wenn dir Besitzergreifender Boss gefallen hat, nimm dir bitte einen Moment Zeit, um eine Rezension zu hinterlassen. Rezensionen helfen anderen Lesern, meine Bücher zu entdecken.

Du weißt nicht, was du schreiben sollst? Das ist okay. Er muss nicht lang sein. Du kannst erzählen, wie du mein Buch entdeckt hast: War es eine Empfehlung von einem Freund oder einem Buchclub? Lass die

Leserinnen und Leser wissen, wer dein Lieblingscharakter ist oder was du gerne als Nächstes sehen würdest.

Vielen Dank fürs Lesen! Ich hoffe, dass du dich in meine Mailingliste einträgst, damit ich dich über kostenlose Bücher, Werbeaktionen, Werbegeschenke und Neuerscheinungen informieren kann.

ÜBER DIE AUTORIN

Willow Fox liebt das Schreiben seit ihrer Highschoolzeit (vor vielen Jahren). Ihre Kleinstadtromane spiegeln das Leben in einer Kleinstadt im ländlichen Amerika wider.

Egal, ob sie Liebesromane schreibt oder draußen am Lagerfeuer sitzt und ein gutes Buch liest, Willow liebt die Magie des geschriebenen Wortes.

Sie träumt davon, von den Füßen gerissen zu werden und hofft, dass sie das auch bei ihren Lesern erreichen kann!

Besuche ihre Website unter:

https://authorwillowfox.com

AUCH VON WILLOW FOX

Eagle Tactical Serie

Enthüllt: Jaxson

Verheimlicht: Mason

Versteckt: Lincoln

Verborgen: Jayden

Mafia Ehen

Geheimes Gelübde

Gefangenschafts Gelübde

Wildes Gelübde

Widerwilliges Gelübde

Rücksichtsloses Gelübde

Gebrüder Bratva

Brutaler Boss

Böser Boss

Besitzergreifender Boss

Zwanghafter Boss